TAKE
SHOBO

オトナの恋を教えてあげる

ドS執事の甘い調教

玉紀 直

ILLUSTRATION
紅月りと。

蜜夢
MITSU
YUME

オトナの恋を教えてあげる
ドＳ執事の甘い調教

CONTENTS

MITSU YUME

イラスト／紅月りと。

オトナの恋を教えてあげる

ドS執事の甘い調教

Lesson 1☆突然現れた婚約者

――彼女は、お嬢様だった。

旧華族の流れを汲《く》む由緒正しい家に生まれ、また、貿易業で成功した祖父のおかげで、金銭的にも立場的にも裕福な生活を送ってきた。

高校までは、同レベルの子どもたちが集まるお金持ち学校。

とどめに短大は全国屈指の超お嬢様学校だ。

少々奔放なところはあるが、優しくまっすぐに育った彼女を、特に祖父はかわいがった。

ここまできたら、もう彼女の未来は決まったようなもの。良縁を与えられ、どこかの御曹司とお見合いをして結婚。

誰もがそう思っていた。彼女自身もそう信じて疑わなかったのである。

――そう、この夜まで……。

「こん？　やく？　しゃ？」

大きな目をくりりっと丸くして、常盤萌《ときわもえ》は目の前で微笑む祖父を見つめた。

「わたしに？　婚約者がいると言うのですか？　お爺さま」

ひとこと、ひとこと、萌は確認を求めるように祖父へ問いかける。

婚約者がいるなどという話は初耳だ。この二十年間生きてきて、両親にもそんな話は聞いたことがない。

萌の驚きを感じ取りながらも、祖父の常盤慶一朗《けいいちろう》は微笑んだまま頷き、話を肯定する。

慶一朗の広い書斎に静寂が走る。ふたりがひとことも発しないでいると、壁にかかった大きな振り子時計が夜の十時を告げた。

「わしには……、無二の親友がいた」

時報の鐘の余韻が残る中、慶一朗が口火を切る。

「学業も武術も、さまざまな面で競い合い鍛錬し合った親友だった。わしが貿易で成功したのも、彼の協力があったからだと言っても良い。最高の友であり、最高のライバル、本当に彼は気高く高潔な人格者だった。ある日、我ら両家の血筋が一緒になったら、どんなに素晴らしい子どもができるだろうかという話になってな」

「それで……、もしかして、互いに子どもができたら……なんてお話になったのですか？　ですが、それならどうしてお父様の時に……」

「萌は勘が鋭いな。……互いに、男子しか授からなかったのだ。その結果、約束は次の代に持ち越された」

そして、女の子が生まれた孫世代で約束を果たすことにした、というところなのだろう。

しかし、萌としては少々不満だ。昔の口約束で、自分の結婚相手を勝手に決められてしまったのだから。

いずれにせよ、どうせ結婚相手は誰かの御膳立てで決められるであろうと思ってはいたが、今の萌に合った人を選んでもらうのと、自分が生まれる前から相手が決められていたのとでは、気持ち的に全然違う。

高校までは共学だった。異性を好きになったことがないわけではないし、こっそりとお付き合いというものをしたこともある。軽いキスくらいなら経験済みだ。当然ながらヴァージンは死守した。

やはり女性としては、好きになった人と結婚をしたい。何度かお見合いをして好きになれそうな人を選ぶならともかく、選択肢がまったくないとは酷すぎる。

断ろう。萌はそう決心をしてソファから立ち上がった。

「あの……、お爺さま……」

膝の上で握りしめていた両手で、スカートの脇をキュッと握る。ゆるく巻いた髪が、冷や汗で湿った頬に数本張り付いていた。

それだけ彼女の緊張は大きかった。慶一朗に口答えをするなど、初めてなのである。

「だが、次の代を見る前に……、親友は帰らぬ人となってしまった……」

もう少しで大好きな祖父に反抗の言葉を発するところだった萌を、慶一朗のひとことが止める。

「悪性の癌でな。……若い頃から無理をする奴だったが、……奴の子どもがまだ小さなうちに……」

言葉を止め、目頭を押さえる慶一朗を見て、萌は胸を突かれた。

この二十年間、祖父が泣いた姿など見たことがなかったからだ。いつも強く逞《たくま》しい祖父。ある意味、父親よりも尊敬している人物。孫の中には他にも女の子がいたというのに、特に萌に愛情を注いでくれた祖父。

考えてみればそれは、亡き親友との約束を守るため、ふたりの血族が結ばれた証を標《しる》すためだったのかもしれない。

何十年経っても、守るべきものとして存在した約束。

それは、男同士の絆《きずな》の強さを証するものだったのだろう。

じわり、と涙が浮かんだ。

口約束などなんの意味も持ちはしないものと位置づける人間も多い中で、貫かれた確固たる信念。

これが、『男の友情』というものなのだ。

「お爺さま、……相手の方は、どんな方ですか……?」

彼女の胸は、祖父に対する敬愛の念でいっぱいになる。祖父の願いを叶《かな》えてあげたいと、心から思った。

萌が話を理解したようなので、慶一朗は満足げに頷く。ロッキングチェアを一回揺らすと、深く息を吐いた。

「辻川《つじかわ》財閥という……、巨大な組織があるのを知っているかな」

「え? はい、……それはもちろん……。企業家の親族で知らない者はいません。わたしだって名前くらいは知っています。とても由緒ある名家ですもの」

「代々、その家の執事を務める一族がおる。……彼は、そこで執事をしている」

「執事を……?」

大財閥の執事を代々務めているという特別な家柄。萌の期待は高まった。

「ただ、歳は三十五歳なのでな。萌より少々年上だ。だが、仕事熱心で、文武両道に長けた男だと聞いている」

「はい。それは承知いたしました。あのような名家で執事を務められる方ですもの。きっと、とても立派な方なのだと思います」

ひと回り以上年上という事実には少々動揺するが、あまり若いよりはかえって頼り甲斐《がい》があっていいだろう。萌の期待はさらに高まる。

「それでな、萌には、その辻川家に行儀見習いとして入ってもらう」

「……は？　行儀……」

「天下の辻川財閥だ。執事といえど、そこに関わる人間の妻になるからには、その世界の礼儀を身に付けておかなくてはならん」

「……は、はぁ……」

「花嫁修業代わりに、礼節を学ぶため辻川家へ世話になる企業家の娘も少なくはない。萌も、まずはメイドとして世話になるんだ」

「……メイド、ですか……？　メイドといいますと……、あの……」

花嫁修業代わり、と言えば聞こえは良い。だが、早い話が使用人。これは予想外だった。

確かに名家の大財閥ともなれば、たとえメイドであろうと礼儀作法はシッカリと叩き込まれるのだろう。行儀見習いという言い方をしても間違いではない。

しかし教えられるのは行儀だけではない。メイドとしての仕事も教えられ、きちんとこなさねばならない。

「あの……、お爺さま、わたしに、働きに出ろ、と……」

「外の世界で仕事をするのも社会勉強。その中で、人と関わる際のマナーも学べる」

萌の言葉は止まった。

——想定外すぎる話である。

萌がなんとなく抱いていた未来の予想図は、短大を卒業したら、お見合いをして、あるいはどこかの御曹司と恋に落ちて結婚。

決められた婚約者のためにメイドとして働きに出るなど、考えたこともなければ想像したこともない。

一度は乗り気になったものの、メイドの話で再び意気は下がっていく。そんな萌を見て、慶一朗はゆっくりと椅子から立ち上がり、彼女へ歩み寄った。

大きく温かな手が、動揺で汗ばんだ萌の手を握る。

「頼むぞ、萌。わしの長年の希望を託せるのは、お前だけだ」

大好きな祖父の優しい声に諭され、萌はこくりと頷くことしかできなかった。


あまりと言えば、あまりにも、その後の話はスピーディーだった。

なんと萌は、婚約者の話をされた三日後には家を出されてしまったのである。

常々「孫娘が短大を卒業したら」という約束ができていたらしい。萌ならば、きっと祖父の意を汲み取ってくれると信頼されていたのは嬉しいが、事の早さに彼女は動揺を隠せない。

萌が執事の婚約者であることは、当分のあいだ、他の使用人たちには伏せられるらしい。あくまで普通に、行儀見習いの令嬢という肩書きでの入邸だ。

公言してしまっては使用人たちも気を遣うだろうし、萌も働きづらい。知っているのは、当主一族と執事本人。そして、他数名のみ。

萌を乗せた車は、辻川家に向かって深い林のような並木道を走っていった。すでに敷地内へ入っているのだと聞かされ、息が止まるほど驚いた。どこからが私有地だったのだろう。萌にはさっぱり分からない。

並木道を抜け、大きな門をくぐって屋敷内へ入っても、車はまだまだ走り続けていた。豪奢な噴水や手入れの行き届いた庭、はるか向こうには中世の城かと見紛うような大邸宅がそびえたっている。

（……なに……、ここ……。日本……？）

昨日まで自分が見てきた世界とは大違いだ。これが、超の付く上流階級というものなのだろうか。

車内にいる時から始まった膝の震えは、車から降りて控え室へと通されても収まらなかった。

「大丈夫よ。落ち着いてね」

そんな萌に優しい声をかけてくれたのは、車から降りた彼女を出迎えて控え室まで連れてきてくれた、メイド長の志津子《しづこ》だった。

萌の母親と同じくらいの歳だろうか。落ち着いた、とても優しい笑顔を作る女性だ。

「メイドはみんな、身分的にはあなたと同じような娘さんばかりよ。行儀見習いの子と、本当にメイドとして入っている子と半々かしらね。仲は良いし、同じ年頃の子が多いからすぐに慣れるわ」

「は、はい……、ありがとうございます……」

控え室とは言われたが、まるでホテルの特別室のように豪華だ。メイド用の控え室がこれなら、当主一族の部屋などはまさに中世の貴族レベルなのではないだろうか。

居心地の悪さを感じ、ソファの上でお尻をもぞもぞとさせていると、萌が緊張しているのを悟った志津子が肩をポンポンッと叩きながら言う。

「このお屋敷はね、若い男性の使用人も多いから気を付けてね。最初のうちは必ず誰かと一緒に行動すること。あなた、かわいいから危険よ」

「え……？　……えええっ!?」

まさかそんな類の注意を受けるとは思わなかった。萌は色々な危険を想像し、警戒してソファの背に張り付いてしまう。

すると志津子は、悪気ない様子でコロコロと笑った。

「ウフフ、冗談よ。そんなお行儀の悪い男性は、このお屋敷にはいないわ」

その仕草はとても優雅で、使用人とは思えないぐらいだ。さすがに大財閥ともなればメイド長にも気品がある。

　ソファからずり落ちてしまいそうなほど驚いている萌をよそに、志津子は部屋の時計に視線を移し小首を傾げた。

「遅いわね……、本当なら、もう来ても良いはずなのだけれど……」

「……誰がですか？」

「あなたの教育係よ。礼儀作法からメイドの仕事、お茶の淹れ方まで、マンツーマンで指導にあたってくれるわ」

「そうなんですか……」

　そんな先輩メイドに付いてもらえるとは思っていなかった。萌としては、大勢の中で色々と教えてもらいながら少しずつ覚えていくものなのかと思っていたのである。

　だが、教育係なるものが付いてくれたほうが、分からないことなども訊《き》きやすくて良いのかもしれない。

　話のついでとばかりに、萌は志津子に何気なく尋ねた。

「あの……、この家に、執事さんっていらっしゃいますよね」

「執事？」

「あ、はい、あの……、一応、ご挨拶しておかなくちゃと思って……」

　萌は婚約者なのだから、会っておかなくてはならないのは当たり前だ。しかし婚約者である事実を口にしてはいけないため、彼女は遠回しに尋ねた。

執事も彼女の入邸が今日であることは知っているはずだ。ならば最初に会っておこうとするのではないだろうか。

「執事の水野《みずの》は、旦那様に付いて出張中なのよ。あと数日で戻ると思うから、挨拶はその時で良いと思うわ」

まさか彼がいない日に入邸してしまうとは。ちょっと残念ではあるが、慣れない状況でいきなり会うより、少し屋敷に慣れた頃に会うほうが心に余裕が生まれて良いかもしれない。

「時間は守る人なのだけれど……。おかしいわ、少し待っていてくれる？　執務室を見てくるわ」

教育係のメイドが現れないので、志津子は萌を置いて部屋を出て行った。

「メイドの仕事って……、なにをするんだっけ……」

ひとりになって、萌は大きな溜め息をつく。

これから始まる新しい生活。今までは〝お嬢様〟と呼ばれ、なんでもしてもらう立場だった。

大勢の人に囲まれて働くなど、考えたこともなかったのに……。

萌は自宅にいる、家政婦と呼ばれる女性たちを思い出していた。

食事の用意をしたり、掃除をしたり。母のガーデニングを手伝っていたこともある……。

しかしこんなに大きなお屋敷ともなれば、食事は専属のシェフがいるだろうし、掃除と言っても専門のクリーンキーパーがいそうだ。これだけ敷地が広ければ、庭の整備をしたり手入れをしたりする専門の人間もいるだろう。

「礼儀作法と……、雑用程度の家事……、かなぁ……」

座っていても落ち着かない。萌は立ち上がり、大きな窓へと近づいた。

窓から外を覗くと、広いテラスがある。そっと窓を開けテラスへと出てみた。

風がふわりと吹いてきて、萌の綺麗なシャギーが入った内巻きのミディアムロングの髪を揺らす。外の空気を感じると、身体の中にも新しい空気が入ってきて気分的にも少しリフレッシュできた気がした。

「まっ、頑張ってみるかぁ……」

数日後には執事も帰ってくるという。そうすれば、何か新しい展開も見えてくるだろう。

萌は気持ちをポジティブに切り替え、テラスの縁に手をかけて深呼吸をする。

ここが中庭なのか裏庭なのか見当もつかないが、森林浴でもできそうなくらいに緑が生い茂っていた。また、木々もよく手入れされているせいか見目が良く、その立ち並び方、芝生や茂みの置き方ひとつをとっても芸術品のよう。

自然に感動を覚えるなどという経験はあまりなかったが、さすがにこの光景の素晴らしさには感嘆の溜め息さえ漏れる。

「は……ぁん……」

溜め息をついた後に、萌は耳を疑った。

それは自分の声ではない。そもそも、今の声は溜め息ではないだろう。

「はっ……ぁ、……ああっ……」

続けて聞こえてきた声に、萌の顔は真っ赤になった。

この声は、いわゆる女性の喘《あえ》ぎ声というやつだ。この控え室は一階だが、外から見れば中二階程度の高さがある。人けのないこの景色のどこかで、木々や茂みに隠れて、そういった声が漏れるいかがわしい行為に及んでいる者がいるのか。

「アンッ……、も、ダメよぉ……章太郎……っ」

(こんな所で、昼間っから何やってんのぉ!!)

恥ずかしさと憤りで、萌は足をダンッと大きく踏み鳴らしてしまった。

すると、途切れ途切れに聞こえていた声が止む。萌は息を飲んだ。テラスはウッドデッキになっていて、意外に音は響く。いかがわしい行為に及んでいたふたりは、誰かに聞かれていると悟ったのだろう。

(わっ、どうしようっ)

周囲をきょろきょろと見回し、すぐに部屋の中へ逃げこもうとした。

しかしその時、テラス下の茂みが大きな音をたてて動いた。

「きゃっ！」

どうやらコトに及んでいた人物たちは、萌が立っているテラス下の空間で、茂みの陰を利用していたらしい。茂みのざわめきと同時に、男がひとり飛び出してきた。

驚いて動けなくなっている萌を、男は鋭い目で睨《にら》みつける。

「誰だ……、お前……」

背の高い男だった。端正な顔つきで眉をひそめ、目は背筋が凍るほど冷たい。歳の頃、三十代前半、といったところだろうか。ダークグレーのスーツを着てはいるが、スーツのボタンは全開であるうえに、ネクタイがだらしなく緩み、シャツも胸半分まではだけている。

――これで、「何もしていませんでした」とは、間違っても言えないだろう……。

ただ、チラリと視線を落とした下半身に乱れはない。膝に少々葉が付いているくらいで、ベルトも締まっていた。どうやらスーツのズボンを脱ぐような状況には、まだなっていなかったらしい。

「ああっ……あの……、すいません……、わたしっ、はっ、初めてで分からなくて……」

萌はどもりながら言い訳をするが、考えてみればなぜ自分が謝る必要があるのだろう。こんな昼間から、いかがわしい行為に及んでいたほうが悪いのだから。

「……初めて？　お前、今日から入るっていう、行儀見習いのメイドか？」

「あっ、はい……、あの、常盤萌といいます……」

思わず名乗った萌を見据えると、男は今まで潜んでいた茂みに向かって声をかけた。

「紫《ゆかり》、仕事が入った。悪いが、終わりだ」

すると、続いてもうひとり、茂みから出てきた。

萌は驚いて小さく息を飲む。出てきたのはメイドの制服を着た若い女性だった。

黒いストレートの髪を、腰の近くまで伸ばした和風美人。洋服より着物のほうが似合いそうだ。胸のボタンを留めながら出てきたということは、今までそれが外された状態だったのだと推測できる。

「じゃぁな」

男は女性を一瞥して手を上げるが、女性は男を引き止めようと手を出しかけた。

「……章太郎……、でもっ……」

「終わりだ」

しかし男はその手をパンッとはね除けてかわし、頑なに〝終わり〟を言い渡す。女性が悲しげに瞳を潤ませても、男はそれ以上言葉を発しない。耐え切れなくなった女性は、萌には目もくれず走り去っていった。

（な、何……、なんなの、この雰囲気……）

萌は身体が動かない。確かにお楽しみのところを邪魔してしまったのかもしれないが、行為に及べなかったくらいで、あれは大袈裟《おおげさ》過ぎる。まるで、今生の別れを言い渡されたかのようだ。

（でも、取りあえず女の人はいなくなったし、この人も、すぐどっかに行ってくれるわよね）

萌は安易にそう考えたが、男はシャツのボタンを留めながらテラスを回り、庭と繋がった階段から上ってきた。

ネクタイを整えながら近づいてくる男を前にして、萌はどうしたら良いのか分からずに立ち竦《すく》んだままだ。彼はおそらくこの家の人間なのだろうから、逃げるのもおかしいだろう。それに、使用人であるのか、それとも当主一族であるのか、その辺りも分からない。若く見えるが、なかなか堂々とした物腰だ。もしかしたら身分の高い人間なのかもしれない。

男は最後にスーツのボタンを留め、萌の前に立つ。

「萌か……、よろしくな」

「あ、はい、よろしくお願いします……、あの、お邪魔してすみません……」

つい謝罪の言葉を口にすると、それがおかしかったらしく、男はプッと噴き出した。

「いや、気が進まなかったので助かった。逆に礼を言う」

「は……、はぁ……」

男は嬉しそうだが、萌は紫と呼ばれた女性の悲しそうな表情を思い出す。逢い引きを邪魔されたくらいで、今にも死んでしまいそうなくらい悲しい顔をするだろうか。

「まぁ、気は進まなくても、もうちょっと先に進んでいたら危なかったけれどな。我慢できなくて、アンタで解消させてもらうところだ」

「なっ……、なにをっ！」

腰を曲げて顔を近づける男から、萌は慌てて飛びのいた。飛びのいたついでにテラスの柵に腰が当たるが、男の両手が萌の左右に置かれ、彼女は逃げ場を塞がれてしまった。

「……水野章太郎《しょうたろう》だ。よろしくな」

「え？　はい……、よろしくお願いします……」

いきなり友好的な態度を取られ、萌は面食らう。さっきからこの男には驚かされてばかりだ。

しかし、男の名字が〝水野〟だということは、当主一族ではないようだ。執事と同じ名字だが、親戚だろうか。

「お前の、教育係を務めることになっている」

「は……い？」

「言っておくが、俺は厳しいからな。覚悟しておけ」

平然と出される言葉に驚くあまり、口が半開きになったまま表情が固まる。いったい何度驚けば良いのだろう。萌は今にも心臓が止まってしまいそうだ。

「あああっ、あのっ、わたしの教育係、って……」

「ん？　俺だよ」

てっきり先輩メイドが付いてくれるものだと思っていたのに。なぜこんな怖そうな男が教育係なのだろう。

事実を知って怯《ひる》んだが、直後、萌は考えた。

――この男の名字だ。

婚約者には兄弟はいないと聞いたので、そうすると考えられるのは従兄弟《いとこ》関係。教育係を男性にしたほうが、厳しくしっかりと指導ができると、婚約者が彼を指名したのではないのだろうか。

（きっとそうだわ！）

自分の解釈に納得をした萌は、章太郎を見上げてヤル気を見せた。

「よ、……よろしくお願いします！　あの、……頑張ります！」

意気込む萌を眺め、章太郎が口元をほころばせる。

「その気合いが空回りしないことを祈ろう。お前、短大を出たばかりだそうだな。〝お子ちゃま〟には、少々厳しい世界だぞ」

「わ、わたし……、成人してますから、お子ちゃまじゃありません！　大丈夫です！」

張り切って言ったが、それは認められるどころか一笑に付された。

「『お子ちゃまじゃありません』が、……お子ちゃまの常套句だ」

（しっ、しっつれーねぇ!!）

確かに、お嬢様学校を出たばかりで、世間の厳しさなどまったく知らない若輩者であるかもしれないが、だからといって、すぐに「お子ちゃま」扱いをするのは失礼だ。

人を馬鹿にした章太郎の態度に腹立ちを覚えた萌は、ムッとした表情をそのまま顔に出してしまった。

それを見て、章太郎が苦笑する。

「ほら、そういうところが、お子ちゃまなんだ」

不敵な表情がさらに腹立ちを誘う。教育係だからといって、人を馬鹿にして良いものではないだろう。

萌は言い返そうとしたが、その前に章太郎が彼女から離れ、部屋の中へ入って行ってしまった。

「あら、章太郎さん。そんな所にいたの？」

部屋の中から志津子の声が聞こえる。どうやら彼女も諦めて戻って来たところ、章太郎の姿を見つけたらしい。

「あら？　萌さんは？」

「テラスに出ていますよ。なかなか元気な女の子だ。気に入りました」

「あら、あなたが成果を見ずに人を気に入るなんて、珍しい」

部屋の中から聞こえてくる楽しげな笑い声を聞きながら、萌は章太郎が「女の子」という言葉を使ったことが引っかかる。

この呼びかたは、どう考えても〝女性〟として彼女を見てはいない。確かに、彼が逢い引きをしていた紫と比べれば、自分は子どもっぽいのかもしれないが……。

子ども扱いされたことに腹は立つが、彼は教育係だ。執事が彼を指名したのなら、逆らうのは得策ではない。

親族なのかなんなのかは分からないが、そのうち執事が帰ってくれば、失礼な物言いをすることもなくなるだろう。

そう自分を納得させ、まだ見ぬ婚約者に想いを馳《は》せる。そして、萌の「行儀見習い」という名目のメイド生活が始まったのだった……。

Lesson 2☆厳しい教育係

「背筋を伸ばせっ！」

「きゃぁぁぁっ!!」

この怒鳴り声と悲鳴は、日常茶飯事になりつつある……。

周囲の使用人たちは、こぞってそう思っているに違いない。

「なっ、なんなんですかっ！　セクハラですよ、セクハラぁっ!!」

「お前！　上司に向かってセクハラとは何事だ！　指導してもらっている立場だ、ありがたく聞き入れろ！」

「聞き入れられることと聞き入れられないことがありますぅ！」

行儀見習いのメイド生活に入って三日。いったい、一日に何度このやり取りが繰り広げられていることか。

萌は、目の前で偉そうに腕を組み、彼女を見下ろす章太郎を睨みつける。

人間、気が緩んだり安らいだりした気持ちになると、身体の力が抜け背中が丸まるのが普通だ。しかし、邸内で萌が気を抜くと、どこで見ているのか必ず章太郎が飛んできて彼女に喝を入れる。

その入れ方が問題なのだった。

過度に身体のラインを出さぬよう、露出が多くならないよう、辻川家のメイド服はひとりひとりのオーダーメイドだ。

通常はメイドとして入邸する前に、洗い替えも含め数着出来上がっているものなのだが、萌は婚約者の件を伝えられてから急遽入邸したので、オーダーが間に合わなかった。

そのため、臨時で用意されているものを着ている。だが、これが少々大きい。

それこそ、襟足から男の腕が入ってしまうくらいの余裕がある。それを章太郎は目ざとく見つけ、彼はなんとメイド服の背中に腕を突っ込み背筋を伸ばさせるという荒業をやってのける。

腕がまっすぐ入れば背筋が伸びるのも当然ではあるが、この仕打ちにお嬢様育ちの萌が驚かないはずがない。――いや、お嬢様育ちでなくとも驚くだろう。

「くっ、苦しいんですからね！　そっ、そんな大きな腕が入ってくると！　くっ、首が絞まるじゃないですか！」

「ほぅ？　苦しいのは首か？　襟元を引っ張られれば、女性は胸が締められるものだろう。ははぁ、苦しくなるほど出っ張ってはいないか、〝お子ちゃま〟だもんな」

萌の胸の内は、まさしく「はらわたが煮えくりかえる」というところだろう。

「おっ……、お子ちゃまって言われるほど、えっ、えぐれてませんっ！　こっ、これでも、胸には自信があるんですからっ!!」

「ほーぉ、お子ちゃまの〝自信〟とは、どの程度のものだ？　飛び跳ねたらやっと揺れる程度か？」

「そこまで言うなら、お見せします!!」

完全に章太郎のペースに乗せられ煽られた萌は、品の良いメイド服の肩から、純白エプロンの肩紐を両方一気に引き下ろす。

本当にこの場で服を脱いでしまいそうな勢いに驚き、周囲で見ていたメイド仲間は慌てて萌の元に駆け寄った。

「ちょっと！　萌さん！」

「落ち着いて、萌ちゃんっ!!」

馬鹿にされた憤りで興奮し、下がりかかったエプロンを握りしめて章太郎を睨みつける萌を、数人がかりで必死に押さえつける。

「も、申し訳ありません、水野さん！　彼女、興奮しているみたいで！」

「頭冷やさせますので！」

本来ならば、上役に生意気な口をきいたとして萌が謝らねばならないのだが、謝罪を口にしたのは先輩メイドたち。そして、半ば強引に、萌を控え室へと連れて行った。

萌は憤りに震えるあまり、先輩たちに引きずられても抵抗できない。

声高らかに嘲笑う章太郎の声を聞きながら、なんとも言えない悔しさを胸に抱いた。


「水野さんは、とてもお優しい面立ちをしていらっしゃるけれど、厳しい時はとてもお厳しい方だから……。でも、意地悪をしようとしているわけではないと思うの」

「お仕事もお出来になるし、文武両道に長けていらっしゃって、とてもご立派な方ですもの。本来、新人メイドの教育係になど付かれる方ではないのよ。あなたは本当に幸運だと思わなくては、萌さん」

控え室で先輩ふたりに慰められ、萌はやっと落ち着きを取り戻した。

章太郎が優秀な男であるということは、この三日間彼に付いてもらったことで身に沁《し》みて理解できた。

辻川家当主夫人に敬語を使って話をしている場面を見たので、使用人であるのは間違いがないのだろう。だが彼自身も、他の使用人、警備員からメイドに至るまで敬語を使われ敬われている。

ということは、使用人の中でも高い地位にいる人間ということになる。それに、皮肉は多いが彼の指導は適切でそつがない。どんな些細《ささい》なことにも、細心の注意を払い的確なアドバイスをくれる。

先輩メイドのひとりが緑茶を淹れてくれた。本当に気が立ってどうしようもない時は、コーヒーやジュースより温かい緑茶が一番落ち着くのだということを、この三日間で知ったような気がする。

「……水野さんって……、何か特別なお仕事をしている人なんですか……？」

お茶をひと口含んで喉を潤し、萌は溜め息と共に疑問を口にする。

「メイドの皆さんも、他の男性の使用人たちにだって敬語を使われているみたいだし……。見た目が若いから、ここに勤めて物凄く長い人ってわけでもないだろうし……。ご当主様一族の、遠い親戚とかなんでしょうか？」

すると、緑茶を持ってきてくれた先輩メイドの櫻子《さくらこ》が、テーブルを挟んで萌の前に座り身体を乗り出した。

「水野さんはね。〝精鋭〟なのよ」

「……精鋭？」

普段あまり聞かない言葉だったので、萌はきょとんとして思わず訊き返してしまった。

「このお屋敷に、お嬢様がひとりいらっしゃるのはごぞんじ？　春から高校三年生になられるわ。とても麗しいお嬢様で、同性の私たちでさえ見惚《みと》れてしまうほど。お嬢様には〝お付き〟といって、ボディーガードと言うか専属の使用人が十人ほど就いているの。文武両道に長け、お嬢様に忠誠を誓った『辻川の精鋭』と呼ばれる超エリート集団よ」

せっかく親切に説明をしてくれているというのに、萌は櫻子の話を聞き、怪訝そうな表情を作ってしまった。

「超エリート……、って……、あの人もそうなんですか?」

「ええ、そうよ。水野さんはお嬢様がお生まれになった時から就かれていると聞くから、かなりこのお屋敷の内情にもお詳しい方なのよ」

説明をしているほうも傍らに立つほうも、同じようにうっとりとした表情で夢見心地に語る。頬は紅潮して、憧れに胸躍らせる少女のようだ。

「精鋭の皆様は、本当に素敵な方たちばかり。このお屋敷に勤める女性の憧れよ」

おそらくこのふたりも、仕事としてメイドをやっているのではなく、行儀見習いのメイドなのだろう。どことなく雰囲気が柔らかく、学生時代周囲にいたようなお嬢様方を彷彿とさせる。

〝精鋭〟という言葉からは、仕事内容などいまいち想像しにくい。要は、お嬢様専属の召し使いでありSPのようなものなのだろう。

大財閥の令嬢と接することを許された身分となれば、使用人の中でもかなり高い地位にあるに違いない。

内密ではあるが、萌は執事の婚約者だ。執事といえば、この屋敷のすべてを取り仕切る人間なのだから、精鋭だなんだと威張っても章太郎よりランクは上だろう。

教育係として章太郎を抜擢したのが執事なら、彼はかなり信用のおける人物だということになる。

(もう少し……、馴染む努力をしたほうがいいのかな)

緑茶を飲み干すと、不思議と心が落ち着いた。

章太郎という人間を少し知ることができたせいなのか、それとも〝婚約者が選んだ人なのだから〟と諦めの気持ちが湧いたからなのかは分からない。

「でも、章太郎は手が早いわよ」

そんな皮肉と共に上方から降りてきたのは、綺麗な指先。

その指先は、目の前に置かれたキャンディポットから、薄茶色のキャンディを摘まみ上げた。

「気を付けてね。新人さん」

指先を目で追ったところにいたのは、黒髪の和風美人。三日前、章太郎といかがわしい行為に及ぼうとしていたらしい女性、紫だ。

「あの人、三十超えてるけど独身でしょう？　憧れている女の子が多いのを良いことに、結構、屋敷の女の子にも手を付けているのよ。頭が切れる人だから、よく旦那様に付いて会社のほうにも行くのよね。会社関係の女性にも手を出している可能性だってあるわよ。

それだけ選り取り見取りなら、結婚する気なんか起きないのも当たり前なんでしょうけど」

キャンディを口に入れ、言いたいことを言ってさっさと去って行く。三人は、紫の後ろ姿を唖然としながら見送った。

（あのキャンディ……、ニッキ味だよね……。ハッカとちょっと違う感じで、わたしは食べられないなぁ……。好きな友達もいなかったっけ）

紫の言葉よりキャンディに意識がいってしまった萌ではあるが、無言になった彼女を見て、ふたりが気を遣う。

「気にしちゃ駄目よ、萌さん。……確かに、そんな浮いた噂がないわけではないけれど、水野さんは真面目な方よ」

「そうよ、成熟した立派な男性ですもの、女性との噂だってステータスだわ。独身でいらっしゃるのだって、お仕事がお忙しすぎるせいだし……」

あんな噂話を聞かされて、萌が何か不安を覚えているとでも思ったのだろう。

「はい……、あっ、別にわたし、気になんてしていませんから……」

両手を胸の前で振り、萌は平静を装う。しかしふたりは声をひそめ、余計なことまで教えてくれた。

「……紫さんね、水野さんとお付き合いをしていたっていう噂がある人なのだけれど、どうやら最近、別れたらしいの……」

「最近？」

「一週間ほど前に、凄く彼女の機嫌が悪い日があってね。おそらく、別れ話でもされたのではないのかしら。思えばあの日から、水野さんと紫さんが話をしている姿も見なくなったわ」

「どちらかと言えば、紫さんのほうが水野さんにご執心だったわ。だから彼を悪く言いたいのよ。気にしちゃ駄目よ」

「はい……、大丈夫です」

引き攣《つ》りそうになりながら笑顔を作り、萌は動揺を隠すように、キャンディポットからオレンジ色のキャンディを取って口に入れた。

思い出すのは三日前。

あの日聞こえた声からしても、ふたりがそういった行為に及ぼうとしていたのは間違いがない。だが、すでに一週間前に別れていたのなら、三日前にそんなことをしようとしていたのはおかしくないか。

「気が乗らなかった」と言い訳をした章太郎と、「終わりだ」と言われ今生の別れかのように悲しげな表情をした紫。

紫から迫ったのであろうことは明白だが、気が進まないと言いつつも、章太郎はその気になりつつあったのではないのか。

（たまに聞く、「別れる前に一回だけ」みたいな……、お、オトナの事情とか、そういうやつなのかしら）

あらぬことを想像し、つい頬が染まる。二十歳には達しているが、まだヴァージンの萌にはもちろん縁遠い大人の世界だ。

男女の世界を垣間見てしまった気恥しさは、女性としての萌に、口には出せない淫らな妄想と、じくりと甘い不思議な感覚を落とした……。


「萌さん、章太郎さんにコーヒーをお持ちする時間よ」

（きたっ！）

控え室を出た萌は、直後メイド長の志津子に声をかけられ背筋を伸ばした。

「調律室へ行っているようだから、コーヒーを淹れ終えた頃には執務室へ戻っていると思うわ。今から淹れれば、ちょうど良いのでは？」

「はっ、はいっ……」

緊張して自信のなさそうな萌の様子を見て、志津子はポンッと彼女の肩を叩く。

「頑張ってね」

「はい……」

言葉少なな萌は、第三者から見れば、いかにも心細げに映るだろう。だが実は、口の中にオレンジのキャンディを二個も入れてしまったため、上手く口を開けることができないのだ。

（ははは－ぁ、欲張りすぎたぁ……）

新人に予定作業の声かけと激励をくれる親切なメイド長を見送り、萌はふうっと嘆息する。

朝、午後、夕方、教育係の章太郎にコーヒーを淹れるのは萌の仕事だ。

しかし彼女は、生まれて二十年間、自分でインスタントコーヒーを淹れた経験もないようなお嬢様。

コーヒー豆の量や挽き方などはもちろんのこと、ドリップの仕方さえ分からない。

シェフを始め、パティシエからコーヒーソムリエまで巻き込み、大わらわで習った一日目。――そして、習った通りにひとりで淹れた二日目。……三日目……。

当然、今まで「美味い」のひとことはもらえていない。

章太郎はブラック派だ。豆の分量さえ間違わなければ、味なんて同じだろうと萌は思う。豆の量も配合も、一日目に教えてもらった通りに計っている。それでも何も言ってはもらえないということは、萌にしてみれば単に嫌がらせをされているとしか思えないのだ。

（デキる人なんだろうけど……。ちょっと意地悪だよねぇ。三十五歳だっけ？　わたしより十五歳も年上なのに。年下の女の子苛めて楽しいのかしら。サドよ、サドっ!!)

心の中で文句を言い、口の中ではキャンディを転がす。とろり……っとした甘い味が、萌の気持ちを癒やしてくれた。


背後でオロオロするコーヒーソムリエに見守られながら、普通の倍の時間をかけてコーヒーを淹れた萌は、トレイにコーヒーカップを一客乗せて執務室へと向かった。

安全のためにもワゴンを使用するよう言われているのだが、カップひとつくらいなのだから良いだろうと考え、萌は毎回トレイのみの使用に留めている。

(要は、零さなきゃいいのよね)

執務室は、エントランスホールのすぐ横だ。執事を筆頭に執事補佐が数名、そして、各職務で上役に当たる者が主に出入りをしている。

章太郎も執務室で仕事をしているひとりらしい。令嬢専属の精鋭らしいので、やはり一等級の執務室に席を置いているのだろう。萌はそう解釈をしている。

「あれ……?」

エントランスへと出る手前の廊下で、ふと足が止まった。

どこからか、とても美しい音楽が流れてくるのだ。

「……ヴァイオリン……?」

ムードのあるしっとりとした曲だ。耳に覚えがあるということは、有名な曲なのだろう。幼い頃に、ヴァイオリンを習わされた。しかし嗜《たしな》み程度にしか習わなかったので、今では弾けと言われても無理だろう。

だが音楽自体は好きだ。どこからか流れてくる美しい旋律に、萌はしばし瞼を閉じて聴き入った。

「なんて曲だっけ……、これ……」

「ブラームスだ」

萌は驚いて瞼を開いた。するとそこに、いつの間にか章太郎が立っている。

「協奏曲第二楽章。お嬢様がお弾きになっている。偶然にも拝聴できるのは運が良い。幸運に感謝しろ」

和やかな笑みを浮かべる章太郎を前に、萌はドキリとした。こんな表情を見たのは初めてだ。

ヴァイオリンは調律室から聴こえてくる。元々は防音になっている部屋だが、章太郎がドアを開けたまま出てきたので廊下へ音が漏れたのだ。この音色が、心を穏やかにさせる。それは、さすがの章太郎も変わらないらしい。

萌が持ったトレイのコーヒーを見て、章太郎は苦笑いを漏らす。

「今日は上手く淹れられたか？」

「……ええ……、多分」

その場でカップを手に取った彼は、口を付けた瞬間、喉の奥でクッと笑いを堪えカップを置いた。

「……まぁ、いい。一週間もすれば、まともに淹れられるようになるだろう」

「あ、あの……、そんなに美味しくないですか？」

「お前、試飲をしていないのか？」

「していません。ブラックは苦手です」

「まぁ、飲めないわけじゃないから良い」

(それなら文句言わないでください)

飲めるなら良いではないか。萌は捻くれた気持ちにもなるが、ヴァイオリンの美しい音色がすぐに心を癒やしてくれる。

気のせいだろうか、章太郎の口調も、いつもより嫌味っぽくない気がするのだ。

「……お前、甘い匂いがするな」

ふいに章太郎の顔が近づく。萌はドキリとしながらも思い付く理由を答えた。

「ぇと……、さっき、キャンディを食べていたので……」

萌の口元で章太郎が鼻を鳴らす。これ以上はないというほどの大接近だ。緊張はマックスに近くなる。だからなのか、自分でも思いがけないことを感じてしまった。

（……うわぁ……、この人、間近で見ると、カッコいいなぁ……）

遠目からでもカッコイイとは思っていたが、ここまで近づかれると、彼から滲《にじ》み出る雰囲気までも感じ取ることができる。

それは、しっとりと落ち着いた、大人の余裕だ。

〝お子ちゃま〟と言われて怒っていた萌ではあるが、言われても当然なのかもしれないとさえ素直に思える。

それだけのものを、彼は持っていた。

そして、雰囲気が大人なら……。

することも、〝オトナ〟だったのだ……。

「この匂いは、オレンジか」

「はい……」

「オレンジは好きだ。――貰うぞ」

「は……？」

萌の思考はそこで途切れる。

なぜなら、接近してから当然のように、章太郎の唇が萌の唇に吸い付いたから……。

（……はい……？）

唇を斜めに咥えて吸い付かれ、口腔内の甘い唾液が吸い取られる。

艶めかしい舌が唇を舐め、その唇の上で章太郎の吐息が囁《ささや》いた。

「……甘いな……」

萌は動けない。突然された行為に驚き、キュッと閉じてしまった瞼を怖々開くと、妙に色っぽい瞳が目の前にある。

(うわっ……、綺麗……)

いつも言われている嫌味も忘れてしまいそうだ。不覚にも萌は、目の前に迫った章太郎の、強く妖しい大人の魅力に見惚れてしまった。

「……全部、よこせ」

「んっ……」

再び唇が吸い付く。今度は侵入してきた舌に上顎や内頬を蹂躙され、舌を絡め取られた。

「ア……、はっぁ……」

その激しさと恥ずかしさに、萌は顎を引き、肩を竦《すく》めた。手からトレイが滑り落ち、載っていたカップが中身の液体をまき散らしながら廊下を転がる。

繊細なカーブを作るマイセンの白いコーヒーカップが割れずに済んだのは、そのまま転がって寝てしまえそうなほど柔らかい絨毯《じゅうたん》のおかげだろう。

間違いなくオーダーで作られている絨毯にコーヒーを零してしまったことも、またその熱いコーヒーが章太郎の足にかかってしまっていることも、今の萌にとってはどうでも良いことになっていた。

　一生懸命逃れようとしても、章太郎の唇は追ってくる。

　彼は萌の口の中から甘さをすべて吸い取ってしまうまで唇付《くちづ》けを続けた。

（やだ……力が抜ける……）

　唇を貪られて、全身が痺《しび》れる。いつの間にか身体は壁へと押し付けられ、大きな手で頰と頭を支えられて、絶対に彼から逃れることができなくなっていた。

（あ……もぅ、ダメ……）

　膝が震えて脚に力が入らず、立つことができない。こんなに刺激的なキスは初めてだ。これが、大人がするキスというものなのだろうか。

　とうとう膝の力が抜け、壁に沿って崩れ落ちてしまいそうになる。章太郎に腰を抱き寄せられ、ギリギリのところで体勢を保つことができた。

「なんだ……？　キスをするのは初めてか？」

　俯《うつむ》き大きく吐息する頭上から、章太郎の静かな声が落ちてくる。

「しつ、れいね……、初めてなんかじゃ……な、い……」

「どうせ、ガキのキスしか知らないんだろ」

　図星だ。高校時代に少しだけ交際した同級生と、数回、唇を合わせるだけのキスをした経験があるのみだった。

しかし、それを正直に言うのも悔しい。

萌はゆっくりと顔を上げ、章太郎を睨《ね》めつける。「大きなお世話よ」強がってそう言ってやるつもりだった。

しかし、出てきたのは……。

「悪かったわね……」

これでは、肯定してしまったも同然だ。

おまけに、今のキスで唇は濡れ、頬は染まり、睨めつける瞳は頼りなく困惑を隠せない。

それは少々、男を誘う表情であったらしい……。

「お前、お子ちゃまのくせに、結構そそる顔をするな……」

「ばっ……！」

（セクハラぁぁぁ!!）

叫び声は心の中でしか響かない。キスひとつでこんなにも腑抜《ふぬ》けてしまう自分を情けなく思うが、身体がなかなか言うことをきいてくれない。

「わっ!!」

次の瞬間、いきなり章太郎が後ろへ仰け反り小さな叫び声をあげた。

「何をしている、水野。お嬢様の御前だ。不埒な行為は控えろ」

厳しい声が章太郎を叱責し、彼は襟首を掴まれて萌から引き剝がされた。

そこに現れたのは、同じダークグレーのスーツを着た長身の青年。優雅な物腰、堂々とした立ち姿。どこか日本人離れしたエキゾチックな相貌。眼光は鋭く射竦《いすく》められてしまいそうだが、彼のふわりとした癖毛がその冷たさをカバーしているようにも見える。

萌も思わず見惚れるほどの美丈夫だ。

「申し訳ありません。神藤《しんどう》さん」

章太郎はネクタイを整え、神藤と呼ばれた青年の前で直立する。その態度から、章太郎より位が上の人間であることが分かるが、おそらく青年のほうが年下だろう。

「今日は天気も良いし温かい。庭の茂みにでも隠れてやってくれ」

「次回からはそうします」

苦笑いを浮かべて章太郎が答えると、神藤も口角を上げ章太郎の背を勢いよく叩く。上司と部下というよりは、親友同士のようにも感じるふたりだ。

章太郎に手を離された瞬間、両足を踏ん張り壁に後ろ手を付いた萌は、なんとか崩れ落ちずに済んだが、この場をどう切り抜けたら良いものか考えあぐねている。

どうやらこの上司に、キスをしているところを見られてしまったらしい。萌は無茶苦茶恥ずかしい気持ちになったが、笑い合うふたりはなんとも思ってはいないようだ。

（お……、オトナになると、キスしてるところを見られても恥ずかしくないものなのかしら……）

このままここから逃げ出してしまいたかったが、絨毯に零してしまったコーヒーをなんとかしなくてはならない。知らんぷりはできないだろう。

確かコーヒーは章太郎の足にもかかってしまったはずだ。熱くはなかったのだろうか。確認をしたいがどうにも声がかけづらい。

すると、神藤の背後から違う声が聞こえてきた。

「何をしているの？　神藤」

人間のものとは思えないような、とても美しく聡明な声。

そして、声のままに美しい少女が、神藤の後ろから現れた。

腰の下まで伸びる漆黒の黒髪に、透き通るような白い肌。秀麗な容姿、凛《りん》とした立ち姿、気品と威厳に満ち溢れた、大輪の白百合のように美しい少女だ。

（……にっ、人形!?）

萌はさらに、動けなくなった。

まるでビスクドールのような、透明感のある儚い美しさ。萌が口を開けたまま呆然としてしまったのも無理はない。

目の前に現れた少女が、この屋敷の令嬢であることはひと目で分かった。

お嬢様学校で、嫌というほどたくさんのお嬢様を見てきたが、今までに見たどんなお嬢様より気品に満ち溢れ、凛とした雰囲気に溜め息を漏らさずにはいられない。正真正銘の

〝深窓の令嬢〟だ。

そして、萌の考えは正しかった。章太郎が微笑を浮かべ、少女の前に跪《ひざまづ》き彼女の手を取ったのである。

「お嬢様、素晴らしいヴァイオリンを拝聴させて頂きました。大変光栄でございます」

章太郎の言葉に、辻川家の令嬢、紗月《さつき》姫は、天使のような微笑を見せる。その笑みを崩さぬまま、次は萌に話しかけてきた。

「新しいメイドね？　水野が就いているということは〝例のお嬢さん〟かしら？」

「はっ、はいっ、常盤萌でございますっ」

動揺のあまり、なんとなく言葉がおかしいような気がする。我ながら失敗したと思いつつ頭を下げた。

〝例の〟と付けた紗月姫は、萌が執事の婚約者であると知っているのだろう。彼女は花びらに零れる純露のような笑みを漏らし、章太郎をからかったのだ。

「あまり苛《いじ》めては駄目よ、水野。お前は時々、酷な振る舞いをするわ。泣かせる時は、庭の茂みでお願いね」

「お嬢様まで、そのようなことを」

どうやら紗月姫は、先に神藤が章太郎をからかって言った言葉を聞いていたらしい。セリフを引用し、ふふふっとかわいらしい笑みを漏らして再度萌に目を移した。

「調律室のドアを開けて出て行ったと思ったら……。わざと彼女にわたくしのヴァイオリンを聴かせようとしたのかしら？　どうでした？　萌さん」

「えっ、……あの……、と、とても素晴らしかったです。……つい、聴き入ってしまいましたっ」

「ありがとう」

ニコリと微笑みを向けられ、紗月姫に見惚れてしまう。女性に見惚れるなど初めてだった。そんな自分にも驚いてしまうが、もっと驚いたのは章太郎の気遣いだ。

彼は戸惑う萌に柔らかな視線を流し、ドアを開けっ放しにした理由を口にしたのである。

「入邸したばかりで、慣れない仕事や環境に緊張し、気も張っていたようです。お嬢様のヴァイオリンで癒やされてくれたらと、考えました」

紗月姫のヴァイオリンを聴けたことを「運が良いと思え」と言った章太郎。だが、その〝運〟を作ってくれたのは章太郎自身だった。

おまけに、萌の心が慰められれば、という配慮付きだ。

（もしかして……、実は良い人なんじゃ……）

一瞬心がぐらつきかけたが、気を取り直して、立ち去る紗月姫の後ろ姿を見送ることを優先させる。彼女が出かける予定などを口にしていたところから、神藤も紗月姫専属の精鋭であり、常時お供を許された最高位の人間であるのが分かる。

（綺麗なお嬢様だなぁ……）

感嘆の溜め息が止まらない。特権階級の令嬢とは、これほどまでに気高いものなのか。

しかしなぜだろう。紗月姫の姿を見たのは初めてであるはずなのに、以前も見たことがあるような気がしてならない。

彼女自身をではなく、似た〝何か〟を目にしたことがあるような気がする。

長い黒髪。凛とした美人。

「あっ……」

紗月姫の後ろ姿を、愛しさを込めた瞳で見つめる章太郎を見て、ふと気づく。

――紫が、そのタイプではなかったか……。

Lesson 3☆調教宣言

高級絨毯専用のクリーナーが、威力の割には静かなモーター音をたてる。

コーヒーを零してしまったのだから拭き取りに時間がかかるだろう、シミになどなってしまったら、弁償させられる可能性もある。不安な気持ちでビクビクしながら拭き掃除に入った萌が、こんなにも余裕でいられる理由。それは、超高級オーダーメイド絨毯の防汚機能付き撥水性と、見事な働きをするクリーナーのおかげだ。

片手にクリーナーの柄を持ち、汚れ部分に回転クリーナーを当てたまま、萌は彼女の仕事を監視している章太郎を横目で睨んだ。

「水野さんって、お嬢様のこと好きでしょう?」

睨《ね》め付ける目は、どことなく冷やかしを含んでいる。章太郎は両手を腰に当てたまま、無表情で受けて立つ。

「なんだと?」

「だから、あの綺麗なお嬢様のことが好きなんでしょう? スッゴク態度が違いますよねぇ。跪いて手なんか取っちゃって。顔も嬉しそうだったし。大型犬が尻尾振ってるみたいでしたよ」

冷やかしというよりは少々嫌味っぽい。言いすぎたかと一瞬思うが、章太郎はまったく動じなかった。

「好きなのは当たり前だ。俺はお嬢様が生まれた時からお仕えしている。あの方の素晴らしさはすべての者が承知しているが、お傍にお仕えしている俺たちはそれ以上に理解している。お嬢様ほど、素晴らしい女性はいない」

とても真剣な表情だった。これはまさしく、主人に忠誠を誓った人間の目だ。強くそれを感じてしまった萌は、言おうとしていた皮肉を慌てて飲み込む。

（やば……、言わなくて良かったぁ……）

「好きでしょう？」と言って動揺したなら、「やーい、ロリコン」とでもからかってやろうかと、気軽に考えてしまっていた。

だがこんな真剣な顔を見せられてしまっては、そんな言葉は飲み込まざるを得ない。

職務に忠実すぎる章太郎の、予想外の姿を見てしまった萌は動揺する。

「ふ……ふーん……、でも残念ながら片想いなんでしょう？　可哀相よねぇ、だから、似ている人で誤魔化《ごまか》してたんだ？」

先に言うのをやめた言葉同様、これも言ってはいけない言葉だったのかもしれない。

「何だ？　似た人、って」

「……紫さん……、お嬢様に似たタイプですよね。美人で……」

萌はクリーナーを止め、その場から離れようとしたが、いきなり章太郎に肩を摑まれた。

「お嬢様を、その辺の色情狂と一緒にするな」

「しっ、……色情……って」

それは紫のことだろうか。しかし、そんな女性と章太郎は関係を持っていたのに、別れ話がもつれたからなのか何かは知らないが、この言いかたは酷い。

「そん、な……、酷い、一時でも、個人的に親密だった人なんでしょう。なのに……」

「親密？」

章太郎の口元から嘲笑が漏れ、鋭角的な瞳が光を持つ。彼は萌の肩にかけた手でそのまま服を摑み上げると、凄い力で彼女を引っ張った。

「ちょっ……、やっ、何っ……」

とてもではないが太刀打ちなどできない力だ。他人からこんな仕打ちを受けたのは初めてだった。

章太郎は無言のまま、目についたドアの中に萌を押し込む。そこはさっき、紗月姫がヴァイオリンを弾いていた調律室だ。

「ちょっと……！」

文句を言う隙もない。ドアが閉まったのと同時に、彼女は壁に押し付けられた。しかも章太郎の身体で押さえ付けられてしまったので、身動きもできない。

「ちょっと！　離してください！　はなれ……っ」

慌てるのは当然だ。男性と身体を密着させるなど、交際した経験のある男の子とさえしたことがない。

ただ萌としては、章太郎がどういうつもりでこんなことをしているのかが分からない。彼の胸を叩いて抵抗するのが得策か、無理やり押し退けて逃げるべきなのか、どうせすぐに離れるだろうからこのままでいて良いものなのか、決めかねていた。

どうしていいか分からなくて、彼を叩くことも押し退けることもできない。ただ両手が行き場もなく彷徨《さまよ》っているという、なんともみっともない状態が出来上がってしまった。

「なんなんですかっ、離れてくださ……っ」

「お前が言う、〝親密〟とはどういう意味だ？」

「え……？」

「答えろ。どういう状態が〝親密〟なんだ」

身体が密着している上、両腕を壁に付けて萌の逃げ場を塞《ふさ》いでいる。おまけに耳の傍で囁く声はどこか艶《つや》めいていて、彼女におかしな感覚を与えた。

「ど……、どう、って……、あの、以前、草むらで……」

「ん？」

「そっ、……そういう、……男女の関係、っていうか……」

「セックスすれば〝親密〟なのか？　ふぅん……」

またもや、耳の傍であけすけなものの言い方をされて、萌の身体はビクリと震えた。

「〝親密〟じゃなくたって、人間には性欲ってものがある。男と女が一緒にいれば、そんなこといくらでもデキルものだぞ」

「そそっ、そんなのっ、不誠実ですっ。す、好きでもない人と、……そんなっ……」

「ガキ」

「なっ……！」

真っ赤になって目を上げると、章太郎が妖しい笑みを浮かべている。ドキリと大きく鼓動が脈打った時、再び唇を奪われた。

「んっ……」

力強いキスだ。さっきのような、口腔内を舐め取るようなものではなく、舌を吸い上げ絡め取られて、喉の奥、舌の付け根まで痺れそうなキスだった。

「ハ……ぁ、あっ……、ふっ……」

苦しくなって、変な呻き声が出る。彷徨っていた両手が彼のスーツを掴む。あまりにも必死になっていたせいで、章太郎の片足が自分の両足の間に入り込んだことに気づけなかった。

「やっ……、ぁっ！」

ビクンッと身体が跳ね上がる。萌の頭をキスで壁に押し付けたまま、章太郎の両手が彼女の腰を弄《いじ》り、メイドエプロンの脇から忍んで両胸を揉み上げたのだ。

「や、ぁ……、あ……、ダメっ……ぁ！」

なんとか抵抗しようと唇の隙間から声を零すが、その声はすぐに吸い取られてしまう。

彼の大きな手は、制服がしわくちゃになってしまうのではと不安になるくらいの激しさで、胸を揉みしだいた。

「ら、め……ぇ、……ぁっ……」

激しいキスに息が続かない。制服の上から胸に与えられる刺激が、身体にあやしい感覚を落とす。むず痒くて上半身が痺れてくる。それがなんだか分からないまま、萌は腰を焦らした。

（やだ……、何？　どうしよう……）

動揺して、章太郎の腕の中から逃げようとするが、身体が言うことを聞かない。涙が浮かびかけた瞬間、萌は喉の奥で悲鳴をあげた。

スカートが捲くり上げられ、章太郎の手が太腿《ふともも》に触れたからだ。

「やっ……、ぁ、は……」

息苦しくて声も出ない。唇の力が緩まっても、漏れるのは途切れる息だけだ。荒くなる吐息も零れ出す呻きも、すべて章太郎が吸い取って行く。彼女の抵抗も動きも、すべて。

「やめ……、やっ……！」

熱を持った章太郎の手が、太腿を撫で上げショーツの上から恥丘を覆う。そんな場所に人の手を感じたことなどない身体は、恥ずかしさに縮み上がった。

隠された渓谷へショーツごと中指が沈み込むと、萌は驚きに身体を震わせ、握っていた章太郎のスーツを引っ張って彼を自分から離そうと無駄な抵抗を試みた。

「や……、あぁっ……」

首を反らし無理やり章太郎の唇から逃れるが、いたぶられ続けた舌が痺れ、おかしな悲鳴しかあがらない。

そんな彼女の反応にはお構いなしに、章太郎の指は柔らかな恥肉の感触の中を擦り続けた。

「ほら、気持ちがなくたって、キスもできるし、こういったことだってできるんだ。ったく、どこまでお子ちゃまなんだ。どうせ、同じぐらいの歳の男しか知らないんだろう」

「こんなコト……、したことない、あっ、やだっ、……やめっ……！」

「……したことない？」

擦り動かされる指の刺激に耐えられなくなり、萌は両腿を閉じようとするが、章太郎の片足が挟まっていて閉じられない。両手で彼を押して離そうともしたが、手に力が入らなかった。

「やめ……てっ……、やだぁ……！」

「お前、男を知らないのか？」

「そんな、もの……、んっ、やぁっ……」

秘部に与えられる刺激が辛い。身体中に容赦なく電流が流されるようだ。おまけに、章太郎の問いかけが限りなく恥ずかしい。

萌は顔を真っ赤にして、とうとう泣いてしまった。

「そんな、こと……、したことなんて、……あるわけないでしょう！」

叫んだ次の瞬間、彼女を翻弄していた指が離れ、同時に章太郎の身体も離れる。

押さえ付けられていた力を失い、萌はその場にへなへなと座り込んだ。

やっと自由になった肩で息をすると、涙がボロボロ零れ出した。霞む視界に、腕を組み萌を見下ろす章太郎の姿が映り、恥ずかしさに俯いてしまう。

「酷い……、こんなこと……」

萌は思わず泣いてしまった。「ごめん」のひとことでもかけてくれるかと思っていたが、降ってきたのは溜め息だ。

「分かったか。お前の意見の通りなら、今みたいなことをすれば〝親密〟な関係だって言うんだろう？　――でも親密じゃなくたってな、大人はこういうことができるんだ」

萌は顔が上げられない。恥ずかしいからでもあったが、何より悔しくて章太郎の顔が見られなかった。

「まぁ、これから色々と教えてやる。お子ちゃまでも、身体は大いに大人なようだ。調教のし甲斐がある」

「ちょうきょぅっ……!?」

思わず赤面しそうな妄想が膨らんで顔を上げると、章太郎はハハハと笑いながら部屋から出て行ってしまった。

残された萌は、床に座り込んだまま呆然とする。

「……なんなの……」

我に返ると、萌はショーツに変な感触を覚えた。

「やだ……、わたし……」

かぁっと頬が熱くなる。座り込んだまま太腿を閉じ、スカートを強く引っ張った。

萌の身体は、章太郎から受けた刺激で、ショーツと内腿を濡らしてしまうほど反応していたのだ。

【お爺様、お元気ですか?】

書き出しで萌の手は止まる。辻川家へ来てまだ三日。「お元気ですか」はおかしいだろうか。

「前略?　拝啓?」

どれもこれもどうも他人行儀だ。せっかく大好きな祖父に出そうとしている手紙だというのに、あまりよそよそしい文面では祖父も悲しがるのではないだろうか。

「だいたい、今まで一緒に住んでたんだから手紙なんて出したことないもん……。メールとかなら簡単なのに……」

暈かし桜の一筆箋《いっぴつせん》を目の前に、萌はデスクに座ったまま出だしの言葉を考えている。三十分も経つのに、いまだに良いフレーズが思い浮かばなかった。

祖父に近況報告をしようと思い立ったまでは良かったのだが、紙の手紙には慣れていない現代っ子、なかなか先に進めない。

しかし、パソコンも携帯も持たない祖父に連絡をするには、手紙しかないのだ。

行儀見習いとはいえ、メイドとして辻川家へ入ることを、祖父は心配してくれていた。メイド仲間も皆良い人ばかり。辛いことなど何もないと伝え、安心させてあげたかった。

「辛いこと……」

呟くと、なぜか章太郎の顔がちらつく。萌は彼の残像を消そうとするかのように首を振り、椅子から立ち上がる。

「なんなのよ……、もぅ……」

ぶつぶつと呟《つぶや》くうちに頬が熱くなってきた。バスルームの横に置かれた小型冷蔵庫からミネラルウォーターのペットボトルを出し、熱い頬に当てて目を閉じる。

「つめた……」

心地良くてほぅっと吐息が漏れるが、この冷たさがまた章太郎の冷酷な態度を思い起こさせる。何をやっても彼を思い出してしまう自分に呆《あき》れて、ミネラルウォーターをグラスに注ぎながら今日の出来事を思い起こした。

白を基調にした綺麗な個室。新人メイドはふたり部屋だと聞いているが、萌はひとり部屋だった。

メイド用に新しく建てられた離れらしく、二階には萌以外入居者がいない。

『周辺に誰もいないからって、男を連れ込むんじゃないぞ。使用人の中には、たまに手の早い奴もいるからな』

この部屋に案内してくれた章太郎が言っていたセリフを思い出し、薄笑いが漏れる。

最初は冗談かと思っていたが、あながち笑い飛ばしてもいられないことが、今日分かった。

「手癖が悪いのは……、自分じゃないのっ」

グラスを当てた唇が急に熱くなる。

――昼間のキスの感触が、よみがえってきたのだった。

（感じてたんだ……、わたし……）

自分の身体に起こっていた異変を思い出し、萌の頬は赤く染まった。

強く重なる唇。吸い付き絡まる舌。口腔内、すべて章太郎の思うがままに蹂躙《じゅうりん》された。

唾液も吐息も吸い取られ、そして、……「嫌だ」という思いも、いつの間にか吸い取られていた。

あの後、とてもではないが同じショーツを穿いていられず、こっそりと着替えに行った。

ヴァージンとはいえ、今まで分泌物で秘部を濡らしてしまった経験はある。映画や雑誌など、エロティックな刺激を受ける機会は何度かあった。

でも、今回は刺激の受け方が違う。男性に触れられたのも初めてだが、あんなにも濡れてしまったのも初めてだ。

ぞくりっ……と、微かな身震いに襲われ、下半身の奥が熱を持つ。

キスどころではない――章太郎の指の感触まで、身体によみがえってくる……。

ショーツ越しに指を動かされて、立っていられないほど感じてしまった。「お子ちゃまでも身体は大人だ」と笑う彼の姿が目の前にちらつく。頭を振っても、その残像は消えてくれなかった。

「あんな奴……」

口では否定しても、萌の目と耳には章太郎が張り付いてしまっているかのよう。

そして一晩中、彼の気配が彼女の心から離れることはなかった……。


「萌さん、昨夜は眠れませんでした？」

仕事に入る前に寄った控え室。おっとりとした口調で尋ねてきたのは、昨日章太郎の話を色々と聞かせてくれた櫻子だ。

性格がそっくりそのまま話し方に反映しているかのような女性で、一緒にいると癒やされる。というよりは、少々気が抜ける。

歳は萌よりふたつ上。彼女も行儀見習いとして半年前からここにいるが、縁談がまとまったので、夏には実家に戻る予定だ。

「ど、どうしてですかっ？　櫻子さんっ」

「とろりっとした目をされてますもの。それとも、良い夢でも見た名残なのかしら？」

「よっ……、よ、良い夢、だなんてっ、そんなっ……」

慌てる必要もないのに慌ててしまい、萌は自分の動揺を隠したくて目の前のカップを手にした。口を付けてしまってから、ルージュを塗ったばかりだったことに気づく。

（あはは……、塗り直しかなぁ……）

と、内心呟いたところで、昨夜やっと眠れてから見た夢を思い出してしまった。

章太郎の夢。

（それも、キスされて抱きしめられる夢……。もぅ、なんて夢を見てるのよ……）

そんな夢を見てしまった自分がいやらしく思えて恥ずかしい。

仕事前だというのに、思い出すとドッと疲れが出てきた。

視線を上げると、テーブルに置かれた大きなキャンディポットが目に入る。カラフルな色合いに引き寄せられて、無意識に取ってしまったのはオレンジ色のキャンディ。

「オレンジは好きだ、貰うぞ」そう言って自分に迫ってきた唇を思い出した瞬間、声と表情まで彼女の中で鮮やかによみがえった。

オレンジ味が昨日のキスを思い出させ、萌の頬を赤く染める。

（……馬鹿みたい、わたし……、なにやってんの……）

自分に何が起こってしまったのかが分からない。昨日の出来事があまりにも刺激的すぎたのか、章太郎のことが頭から離れてくれない。

ハアアっと大きな溜め息をついた萌を見て、深刻な悩み事でもあるのかと櫻子は心配そうにしていたが、彼女が問い質そうとする前に控え室の中に凛とした声が響いた。

「常盤萌はいるか」

開きっぱなしのドアから聴こえてきた声に誰もが振り向き、若いメイドは両手で口を押さえ「きゃーっ」と小さな歓声をあげる。その声に怪訝な表情でピクリと眉を上げてしまったのは、萌くらいなものだ。

視線を向けた先には章太郎が立っていた。いつも通り、洗練されたダークグレーのスーツに堂々たる立ち姿で。

（うん、まぁ、悔しいけどカッコイイよね……）

つい見惚れそうになった萌だが、ハッと、指導のために指定されている時間を過ぎていることに気づいた。これはまずい。

「は……、はい！　ここにおります！」

萌の姿を確認した章太郎は、踵《きびす》を返し無言で歩き出す。

カップは下げておいてあげるという櫻子の申し出に甘え、萌は慌てて立ち上がる。

「萌さん、大変ねぇ」

「水野さんは厳しくていらっしゃるから……」

「でも羨ましいわ。水野さんに指導して頂けるなんて」

「そうね、でもわたしは神藤さんのほうが良いわ」

「神藤さんはハードルが高過ぎるわ。あのお嬢様をずっと見ていらっしゃる方よ」

「その分、美しいものを見飽きていて平凡なほうが好きとか、そういうことはないかしら」

「何を期待しているの？」

若いメイドたちが楽しげに雑談する中、萌は急いで彼のあとを追った。

「あ、あの、すいません、水野さん、時間に遅れてしまって」

わざわざ迎えにこさせてしまったことを謝りながら、彼についていく。

それにしても、章太郎が痺れを切らすほど自分はのんびりしていただろうか……。ふとおかしく思った萌は、チラリと腕時計に視線を走らせ苦笑した。

執務室へ行くと決められている時間から、二分しか超過していない。

つまり、予定時間を大幅に超過しているのを怒って迎えに来たということではなさそうだ。

（それとも、たった二分でも許せない人？）

どうしてわざわざ……。疑問に思っていると、前を見据えたまま章太郎が口を開いた。

「気にするな。俺が、早くお前に会いたいから迎えに来ただけだ」

（え？）

章太郎の言葉に、萌は思わず立ち止まってしまいそうになる。鼓動が大きく跳ね上がり、息が詰まって胸が痛い。

（会いたかった……って……、えぇっ……？）

これが動揺せずにいられるものか。彼が会いたがってくれていたなど、どう理解をしたら良いものか。

明らかに赤くなっているはずの顔を下げて章太郎の斜め後ろをついて行くが、彼は平然とした表情で歩いている。

照れる様子など微塵《みじん》もない態度を盗み見て、そんなセリフも言い慣れている人なのだろうかと思った。

すると、章太郎がピタリと立ち止まり振り返る。

「ドキッとしただろう？」

「え……、あの……」

「お子ちゃまは、甘い言葉をかけられるとすぐソノ気になる。気を付けろ、さもないと悪い男に引っかかるぞ」

もう少しで引っかかりそうになってしまった自分を悲観するより先に、わざと自分をひっかけようとした章太郎に、怒りを覚えた。

「なんだ？　怒ったのか？」

気持ちがそのまま顔に出てしまった萌を見て、章太郎は笑い声をあげる。背後にあったドアを開けると、中へ入れと顎をしゃくった。

「悪趣味です」

小声で呟き、中へ入る。そこは書斎のような部屋だった。

壁に沿って大きな書棚がいくつも並び、アンティークなデスクが二台。ソファや椅子などを含めた応接セット、絵画や花も飾られ、調度品のすべてが品良くクラシックな雰囲気だ。

どこか祖父の書斎にも似ていると感じるが、ランクは格段に違う。

「あの……、この部屋は……」

掃除でも言い渡されるのだろうか。細かい調度品が多いので、特別な整頓方法でもあるのかもしれない。

からかわれた憤りも忘れて仕事モードに入った萌に、章太郎は真剣な声で告げる。

「ここは、執事と執事補佐長が主に使用する書斎だ」

〝執事〟という言葉に、ピクリと反応した。

「今はメイド長がひとりで掃除を担当しているが、いずれはお前も担当することになる。中の様子をよく見ておけ」

萌が執事の婚約者であることを前提に話をしているのだろう。章太郎の口調は、さっきまでとはまったく違った。

よく見ておけと言われたのに、部屋を見回すよりも、傍に立った彼の真剣な表情から目が離せない。

ぼんやりと見惚れていたのかもしれない。——萌は、章太郎がドアに鍵をかけたことに気づかなかった。

「あの……、水野さん。お聞きして良いですか？」

「なんだ？」

「水野さんは、執事さんと同じ名字ですよね？」

「ん？　ああ」

「……親戚か何かなんですか？　水野さんは新人の教育係なんてやるようなランクの人ではないと聞いています。それって、あの……、執事さんに、……わたしがどうしてここに来たのか、とか、特別に聞かされているから、なんですか……？」

萌はいたって真面目に質問をしてみたが、答えをもらえるどころか章太郎はいきなり失笑し、そのまま声をあげて笑い出した。

「なっ、なんですか！」

萌は慌ててしまう。変な質問をしたつもりはなかったからだ。

「なんなんですかっ……、わたし、そんな、変なこと言いましたか？」

戸惑いながらムキになる萌の反応とは裏腹に、章太郎は相変わらず楽しそうに笑い続ける。

「お前……、面白いな」

「はぁ？」

身を屈めて彼女を覗《のぞ》き込む章太郎の笑顔は、あまりにも爽やかで屈託がない。

（ちょっと！　この顔、反則よ！）

頭に浮かびそうになった〝かわいい〟などという単語を、萌は必死に追い払う。それよりも、なぜこの質問で笑われたのかが分からない。

「お子ちゃまも……よく見ればかわいいもんだ……」

そう呟くと章太郎は萌の腕を掴み、ずるずると引きずり始めた。

「あっ、あのっ！」

「かわいいコト言ったから、ご褒美やる」

「は？」

引っ張られるままに足を進め、大きなソファに辿り着く。

萌はいきなりそこに押し倒され、――唇を、奪われた……。

Lesson 4☆ご褒美に濡れて

「きゃっ……！」

抵抗するまでもなく押し倒され、反動で出てしまった悲鳴を、すぐに章太郎の唇が吸い込んだ。

「んっ……フ……ゥ……」

上から覆い被さられているので、身動きができない。両腕を振り上げようとしたが、両手首を摑まれ顔の横に押し付けられてしまった。

ソファから下りようと腰をずらすと、章太郎に足を絡め取られ引き戻される。そのまま押さえ付けられ、身体はまったく動かせなくなった。

「なんだ？　またオレンジ味のキャンディを食べていたのか？　好きだな、お前。それとも……、昨日のキスを思い出して、わざわざオレンジにしたのか？」

囁き声が唇をくすぐる。キャンディの甘さが今のキスで伝わったのだろう。

章太郎を思い出し、オレンジ味を取ってしまったのは事実だ。動揺した彼女の眼球は左込んだ。


右に揺れ、問いを肯定する。

「正直だな……、いい子だ……」

彼は満足げに囁いて、再び唇に吸い付く。舌を吸い取られ、甘さを削ぎ落とすように唇で扱かれると、萌の肩がビクビクッと震える。握りしめた両手の指先が、手のひらに食い込んだ。

「ハァ……、あっ……」

「まだ、降参するのは早いぞ……」

唇を深く咥え込まれ、章太郎の舌が萌の口腔を蹂躙する。

顎が外れてしまいそうなほど強く上顎や内頬を嬲《なぶ》られ、感覚が麻痺《まひ》するかと錯覚するくらい舌をもてあそばれた。

溢れ出る唾液が唇の隙間から零れるが、飲み込もうと喉を動かすこともできないので、息が詰まって苦しい。

「んっ……、んっ、ぐ……」

苦しいはずの呻きが微かな艶を持つ。じゅるりっと大きな音をたて、章太郎は唾液を吸い取り、ゆっくりと唇を離した。

「あっ……、ふっ……ン……、ハァ……」

反射的に口を開けて空気を吸い込むが、苦しい息遣いは意思に反したトーンを放つ。

「なんだ、感じたのか？　ご褒美は気持ち良いか？」

クスリと章太郎が嘲笑《ちょうしょう》する。萌はムキになって彼を睨み上げるが、目に力が入らない。

「……何が……、ご褒美……ですかっ……」

「ご褒美だろう？　これだけ感じていれば」

ぺろりと唇の横から垂れた唾液を舐め取られ、萌は肩を竦めて顔を逸らした。

「か、感じてなんか……、いません……」

いくら否定しても、頬を赤く染め、熱い息を吐きながらでは少々信憑性に欠ける。章太郎は反抗する萌の唇に軽くそれを重ね、舌で唇の隙間をつついた。

「唇はな、下の口と快感が連動している。オーラルセックスって言葉があるように、熱い粘膜を締めたり擦ったり刺激し合う行為は、充分に性欲を煽《あお》る行為だ。お前は今、唾液を溢れさせて興奮していただろう？　唇が感じていたということは、もちろん、下の口も感じているってことだ」

手首を押さえていた章太郎の手が離れる。同時に、彼の艶っぽい瞳も萌の前から消えた。

「きゃっ……！」

驚いて視線を下げる。彼女の視界から消えた章太郎が、スカートを捲り上げ、いきなり細い両足を掴んで大きく開いた。

「やっ……！　なにす……っ」

上半身を起こそうとしたが、両足を持ったまま腰を引き寄せられたせいで起き上がれなかった。せめて肘を立てようとした瞬間、萌の身体は突然の刺激に飛び跳ねる。

「ひゃっ！」

広げられた足の中央に、熱い吐息を感じた。ストッキングの上から章太郎が唇を付け、吐息を吹き込んだのだ。

「お前、まだパンティストッキングなんか穿いているのか？　なぜガーターにしない？　制服の備品に入っていただろう」

「あ、んな……、恥ずかしい……、や、やめてください……！」

「馬鹿か。ガーターの方が機能的だ。あとで替えろ。分かったな」

そう言うと、章太郎はストッキングを指でひっかけ、引き裂いてしまった。

「や、だ……、ちょっ！」

「今度パンティストッキングなんぞ穿いてたら、すぐにこうしてやるからな」

「や、やめてくださ……」

かろうじて腿に引っかかっているナイロンの布地となりさがったストッキングは、最後にウエストのゴムさえ引き千切られた。

（ちょっとぉ！　どれだけ馬鹿力なの!!）

まさかウエストのゴムまで引き千切られるとは……。これが鍛えられた男の力なのかと思うと、萌はぞっとした。

「あっ、ダメ！」

しかし、そんなことで委縮している場合ではない。引っかかりがなくなったのを良いことに、章太郎はスルリと萌の片足からショーツを引き抜いてしまった。

「シルクのホワイトレースか。……まぁまぁ、合格だな」

「ななな、なっ、なんですかぁ！」

「ただ、シルクの質がいまいちだ。今度はもう少しレベルを上げろ。脱がせる楽しみがない」

「なっ……！」

「カラー物にするなら、濃い暖色系にしてみろ。お前は色が白くて肌のキメも細かい。尻の形も良いから、きっと引き立つ」

「そんなのどうでもいいから、穿かせてくださいぃぃっ!!」

ストッキングを破られるより、ショーツを脱がされるより、下着の色を指定されるより、何よりも足を広げっぱなしにされているのが恥ずかしい。

章太郎の馬鹿力が腿を押さえているので、足を閉じることができないのだった。

彼の目の前には、他の誰どころか萌自身も見たことがない未開の花園が晒されている。

それを思うと、身の置き所がないような気持ちになる。

だが、慌てふためく萌とは対照的に、章太郎は冷静だ。

「ほら、当たり。……唇と同じくらい、コッチも感じて、びしょ濡れだ」

「ひっ……やぁっ……！」

驚いて息を吸い込む音が、まるで悲鳴のように大きく響いた。

章太郎の舌を秘部に感じた瞬間、萌は全身を緊張で固める。

「あ……！　ィ……やっ！」

「お前、自分でも分かっているんだろう？　……キスしていた時から濡れていたと……」

舌先が秘唇をなぞり、愛液を舐め取る。萌の花芯は透明の蜜で艶光を放っていた。

「やっ、や……、やめて、くださぃ……っ」

どんなに懇願したところで無駄だと思いつつも口に出すと、意外にも章太郎の唇は離れる。

「お前、朝シャワー派か？」

「……え？　ハイ……、朝は、サッパリさせてから働きたいので……」

「良いことだ。俺も、朝はシャワーで身を清めてから勤務に臨む。昨夜浴びたからいいとか言って、セックスをした翌朝でもシャワーを使わないような女は好かない」

「なんの関係があるんですかぁ！」

話にはついていけないが唇は離れた。だが、これで終わりではなかったのである。

「気に入った……」

そう呟いた章太郎の唇は、唾液と同じくらいの蜜を溢れさせているに違いない、しっとりと輝く蜜口へ、キュウッと吸い付いたのだ。

「あン……！」

全身が跳び上がった。

羞恥心が湧き上がり、沸騰する勢いで萌を辱める。

吸い付く唇。くすぐる舌先。すべて、未経験の感覚……。

「やっ、やめっ……」

拒否の言葉を口にしているのに、なぜか萌の腰は左右に焦れる。

「……い……やぁ……、水野、さ……っ、ぁ、やめ……」

声は叫びにならず震える。しかし章太郎の行為は終わらない。

蜜口に吸い付く唇が、空気を含ませながらわざと音をたてる。その中に混じる淫水音は、彼の唇が、快感に溜まった萌の蜜を吸い上げている証拠だ。

触れる唇の感触と、吸い上げられる振動。初めての刺激に、萌は腰をヒクつかせる。

「あっ……、や、やめ……、みずの……さぁん……」

下半身が強張り息苦しい。萌はおかしな声が漏れそうになって口を両手で押さえた。

「ハァ……、あっ……」

章太郎の舌は、大きく花芯を舐め上げ、ひっそりと姿を隠す秘豆をくすぐった。

「ひゃぁっ……んっ！」

腰が大きく跳ねる。秘部に電流を流されたような刺激に、一瞬かすかな痛みを感じた。

指で秘唇の内側を軽く押すと、柔らかな餅のような皮膚が引っ張られ、小さな突起が顔を出す。舌先でくすぐり唇の先でついばまれただけで、萌は過剰に身を捩った。

「や、め……、水野さぁ……んっ、やめっ、てぇ……！」

顔を上げ、章太郎が苦笑する。

「……ヴァージンには辛いか？　しょうがない、ココはゆっくり慣らしてやる……」

やめてくれるのかと思ったら、その反対で、秘豆を指先でクリッと潰された。

「あぁ、やぁっ！」

「感度は良いな。合格」

「なっ……、何が、合格……！」

「お子ちゃまだが、馬鹿にしたモノでもないな。お前の反応、なかなか好みだ。感じてピクンピクンしてくれるくらいじゃないと、こっちもいたぶり甲斐がないからな」

「いっ……、いたぶり、ってぇっ……、サッ、サドッ！」

ムキになって萌は章太郎をなじったが、彼はハハハと笑いながら今度は彼女の蜜窟に指を侵入させる。

「あっ、……やだっ……」

　蜜窟に第二関節まで沈められた指が小さく回されると、萌は身体を硬直させ怯えた目で章太郎を見上げた。

「みっ、水野さ……、やめっ、やめてくださ……、わたしっ……」

「なんだ？　これ以上気持ち良くなったら困るか？　さっき吸い取ってやったのに、またグチャグチャいってるぞ」

「そうじゃ、なくて……、ゥンッ！」

「指だけでもかなり締まる。ナカの具合を想像したら堪らないな。触っただけで俺を興奮させるなんて、お前、凄いぞ。褒めてやる」

「そんなの、ちっとも嬉しくありません！　ゆ……、指っ、……抜いて……ぇっ……」

　抜かれることを望まれた指は、逆に根元まで挿し込まれる。萌は「ひゃっ！」と悲鳴をあげると、泣き声で訴えた。

「やめてっ……ぇ！　ヴァージンじゃなくなっちゃうぅっ！」

　ほくそ笑んでいた章太郎の表情に翳《かげ》が差す。彼は怪訝《けげん》な顔で、今にも泣き出してしまいそうな様子の萌を見据えた。抜き挿しで締め付け具合を確認しようとしていた指も、彼女の言葉で動きを止める。

「……お前……、まさか、とは思うが……、指を突っ込んだくらいで、ヴァージンじゃなくなる、とか……、本気で思っているんじゃないよな？」

「そ、そこまでは思ってないけど……、でも、そんな、指入れて悪戯なんかされたら……、しょ、処女膜損傷しちゃいますっ」

そんなこと滅多にあり得ないと、頭では分かっている。

だが萌は、それを恐れてしまうほど怯えてしまっていたのだ。

両手で顔を覆い身体を堅くする彼女は、きっと章太郎がやめてくれるだろうと信じていた。——しかし……。

「じゃぁ、ヴァージンじゃなくしてやろうか」

「ひゃっ！」

潜り込んでいた指がぐるりと回され、さらに数回、細やかな律動が加えられた。

「イヤイヤイヤぁぁっ……！　やめてぇ、いやぁっ!!」

両手で章太郎の腕を摑み、首を激しく振りながら泣き声をあげる萌の目には、本当に涙が浮かんできた。

（酷い、酷いよ……、どうしてこんなことするの！）

キスで気持ち良くなったところまでは良かったが、そのあとが辛すぎる。

強い悲しみに襲われた時、指が抜かれ、代わりに章太郎の穏やかな声が耳に入ってきた。

「泣くな……」

軽く触れる唇。

目尻に溜まった涙を吸い、彼の唇は再び萌の唇に触れる。

「ちょっと苛めすぎたか？　お前がかわいい反応ばかりするから悪いんだぞ」

――このタイミングでこのセリフは、反則だ……。

「そうだろう？　俺の興味を引く反応をするお前が悪い。な？　萌」

初めて名前を呼ばれ、ドキリと鼓動が高鳴った。

あれだけ好き勝手に振る舞った挙げ句こんな言葉で締められては、萌はただ呆然とするばかりで、反抗も反論もできない。

突然与えられたオレンジキャンディのような甘い声と言葉は、章太郎のキスを受ける萌に、目を閉じる余裕も与えない。

唇を離した章太郎は、再び足元へと移動し、片足に引っかかっていたショーツを穿かせ、引き裂かれビリビリになったストッキングを足から抜いた。

「替えのガーターを持ってきてやるから、待ってろ」

「い、……いいです、そんな！　自分で持ってきます……！」

慌てて上半身を起こすが、腕に力が入らず、再度ガクンッとソファに落ちた。

それを見た章太郎は、喉の奥で含み笑いをしながら立ち上がる。

「無理をするな。横になっていたから分からないだろうが、快感で身体の力が抜けている。

少しそのままでいろ」

「かっ、快感って……、そんな……」

だが否定はできない。萌の身体は、間違いなく快感を得た反応を示していたのだから。

言葉を失う萌に、章太郎は満足げに言った。

「お前は本当に調教のし甲斐があって面白いな。お前の清純ぶった理性がどこまで持つかと考えたら、ゾクゾクする」

「みっ、みずのさっ……！」

驚いて目を見開くが、章太郎は笑い声を上げながら「待ってろ」と言い残し部屋を出て行った。

彼が姿を消したドアを真っ赤な顔で睨みつけ、口には出せない分、萌は心で絶叫する。

（こっ、このっ、真性サドッッ!!）

ガーターストッキングを持ってきてくれると言っていた章太郎。

萌はストッキングを破かれ素足になってしまっているので、ここまで持ってきてもらえるのは非常にありがたい。

しかし、ガーターストッキングなど身に着けたことのない萌に、章太郎は間違いなく〝着用指導〟をするだろう。

どんな〝指導〟をされるのかと思うと、期待と不安が半分半分、萌の心を脅かす。

（素足は恥ずかしいけど……、きっとまた、それ以上に恥ずかしいことをされるに違いないわ）

彼が戻ってくる前に書斎を出てしまおう。咄嗟《とっさ》に思い付いた萌は、転がるようにソファから下り、よろよろとドアへ歩み寄った。

「あれ？」

ドアが開かない。まだ手に力が入っていないのだろうか。しかし、彼女の手は間違いなくドアノブを捻っている。

「なんなのぉ……」

情けない声を発して、萌はドアにもたれかかった。

（なんで、鍵がかかってるのよ！）

書斎のドアは外からでも鍵がかかる。内側からかけた鍵は外からでも開けられるが、外からかけた鍵を内側から開けることはできない。早い話が、萌は書斎に閉じ込められてしまったのだった。

「……待ってるしかないのぉ？」

捕らえられた罪人にでもなった気分だ。しかし、逃げられないと知ってもそれほど落胆を感じていない自分に気づき、萌は頬が熱くなる。

（べ、べつにっ、戻ってくるのが楽しみとかそんなんじゃないんだから！

誰にするわけでもない言い訳をし、ぶんぶんと頭を振る。その瞬間、ドアノブがガチャリと音をたて、萌は驚き肩を震わせた。

数歩後退して章太郎を待ちかまえるが、予想に反して、入ってきたのはメイド長の志津子だった。

「あら？　どうしたの萌さん。そんな所で身構えて」

「あ、いえ、あの、これにはわけが……」

書斎は志津子が掃除を担当していると言っていた。いずれは萌も、とのことではあったが、まだそんな時期ではない。ここで何をしていたのかと訊かれたらなんて答えよう。萌の思考はフル回転を始める。

しかし、そんな彼女に、志津子はにこりと微笑みかけた。

「着替えのストッキング、持ってきたのよ。章太郎さんに頼まれたの」

そうして彼女は、白い薄布に包まれたストッキングを差し出す。

「分からなかったら穿き方を教えてやってくれって言われたのだけれど、使ったことはある？」

「いいえ、ないです」

章太郎の〝着用指導〟を期待したのは事実だが、萌は少しホッとした。

てっきりまた章太郎の好きにされるものと思っていた。彼が志津子に頼んでくれたということは、やはり女性としての教養を教えるのは女性であるべきだと、指導をする立場の人間としてわきまえているのだろうか。

「メイド用に特注しているガーターストッキングだから、滑り止めレースもかなりしっかりしているけど、用心と嗜みのためにガーターリングも着けることになっているの。腿の締め付けが嫌なようならベルトで留めるタイプもあるから、言ってちょうだいね」

「は、はい……」

包みを胸に抱いて戸惑い気味の萌に、志津子は壁側に寄せてあった肘掛け椅子を持ってきてくれた。

座って穿きなさいという意味なのだろう。「すみません」とひとこと告げて、浅く腰かけ膝の上に包みを置く。

だが、それまでニコニコとしていた志津子の表情がフッと曇った。

「萌さん？　今まで穿いていたものは？」

「え？　……あっ」

ハッと血の気が引く。スカートを膝まで捲り上げた萌が素足だったので、怪しまれたに違いない。

正直に言うなら「へへっ、水野さんに跡形もなく破かれちゃいましたぁ」というところだが、そんなことは口が裂けても言えることではない。

「あ、あのですね……、伝線、……そう、伝線してしまったんですっ」

萌は赤面しつつも冷や汗を浮かべ、弁解を始めた。

「お、お仕事に入ろうとした時、ド、ドアに引っ掛けてしまって……、えーと、……」

「まぁ、そうだったの？　わたしはまた、章太郎さんの好みではないからって破かれたのかと思ったわ」

「メッ、メイド長っ！」

図星を突かれて萌は動揺するが、当の志津子はコロコロと笑っている。

「良いのよ、若い人は色々あるものね」

「あっ、あのぉ……」

この反応は、理解があると取れば良いのか、詮索しすぎと取れば良いのか。

萌は場を誤魔化そうと包みを開く。中には肌触りの良いガーターストッキングと、チュールレースにダークグレーのテープリボンをあしらった、かわいらしいガーターリングが入っていた。

（ガーターリングって、かわいいんだなぁ……。なんかこう、ヒラヒラして……）

「そのガーターリング、素敵でしょう？」

「はい。なんかこう、気持ちが明るくなりますよね。かわいいものを見ると」

学生時代、制服や清楚な服装の下に、お気に入りのブラジャーなどを着けた時の気持ちに似ていると思う。見えない部分の密かなお洒落は、女性の気持ちを高めるものだ。

「それはね、章太郎さんが選んだのよ。萌さんに似合いそうだからって」

「……え？」

萌は眺めていたガーターリングを両手で握ったまま、目を見開いて志津子を見た。

「元々それはね、お嬢様のドレスの付属用として作られたものだったのよ。けれど、ガーターストッキングはお嬢様のイメージに合わないからって言って、お世話役の神藤君に大却下されてね。メイドのスペア衣類のほうに下がってきたの。でも、他のものとはまったく素材も高級感も違うし、しょうがないから特別管理品にしたのだけれど、さっき章太郎さんがあなたにって出してきたのよ」

萌の冷や汗は、いつの間にか引いていた。

章太郎が萌のためを思って動いてくれたのだと知るのは、ヴァイオリンの件からこれが二度目だ。

「章太郎さんはね、とても真面目で優しい人よ。けれど、職務に忠実すぎて、それを完璧に遂行しようとするあまり、厳しくなりすぎてしまう。それで時々周囲の人を困らせる人。酷な仕打ちをすることもあるけれど、決して冷たいだけの人ではないの」

これは、さすがにメイド長だというべきだろう。志津子はメイドだけではなく、全使用人の行動から性格までを把握しているのかもしれない。

「だから、章太郎さんを信じて、指導を受けてあげてちょうだいね。どうしても、章太郎さんにも相談ができない辛い出来事があったら、遠慮なくわたしに言って」

「……はい……」

返事をして、「ありがとうございます」と礼を口にすると、自然と笑顔になる。

志津子の優しさは実家の母を思い出させ、萌の気持ちを和らげた。

だが、いくら志津子に癒されたとはいっても、章太郎の前に出る時の緊張感は変わらない。

(ニーハイとはちょっと違うなぁ……)

太腿で止まっているストッキングの感触は学生時代によく穿いたものを思い起こさせるが、足を包む程良いフィット感や心地良さ、そして大人っぽいような少々気取った気分は全然違う。

(ちょっとイイ気持ちかも)

気恥ずかしいが、心がウキウキと浮き立つ。

(高校の時にブラジャーのカップサイズが上がった時もこんな気分だったなあ)

自然と顔の筋肉が緩みそうになるのを無理やり引き締め、萌は深呼吸をして執務室のドアを叩いた。

「失礼いたします」

中へ入ろうとして、萌はぎょっとする。珍しいことに、執務室の中には章太郎しかいなかったのだ。

いつも人がいっぱいいるわけではないのだが、こんな光景は初めてだ。

「あ、あの……、コーヒーをお持ちしました」

もしや何か異常事態でも発生したのではという不安を胸に、キョロキョロと周囲を見回しながら章太郎へと近づく。萌が置く前に、章太郎自らコーヒーカップをソーサーごとトレイから取った。

「何をキョロキョロしているんだ?」

「あ、誰もいないから……。こういうこともあるんですね」

「皆、デスクワークだけをしているわけではないからな。特に今みたいに旦那様がいない時は、統括本部への行き来も多くなる。今は、残った者が奥様の見送りに出ているんだ。執務室を空にするわけにはいかないので俺が残っている。誰もいないのはそういう事情だ、納得したか?」

「はい……、承知しました」

萌の返事を聞き、章太郎はコーヒーに口を付ける。ピクリと眉を寄せるが、苦笑いを浮かべたままデスクへと置いた。

（やっぱり、美味しくないのかなぁ……）

　相変わらず何も言ってもらえない。溜め息が出そうになるが、落ち込みかけた気分を立て直し、萌はトレイを小脇に抱えて背筋を伸ばした。

「水野さん、……ありがとうございます」

「朝から気持ち好いことしてもらったからか？」

「ちがいますっ」

　書斎での出来事を思い出しかけて頬が熱くなるが、萌は恥ずかしさを堪え、礼を口にした理由を小声で告げた。

「あの……、ガーターの件、メイド長に頼んでいただいて……。着け方とか、気楽に訊けるように気遣ってくださったんですよね……？　それに、ガーターリングも……、とても素敵なものを選んでいただいて……」

「気に入ったか？」

「はい、とても」

　照れながらも礼を言った萌に、章太郎は容赦ない言葉を浴びせた。

「ならば良い。じゃぁ、見せてみろ」

「……は？」

「ちゃんと着用できているか見てやる。見せてみろ」

萌は一瞬何を言われているのか理解できず固まったが、次の瞬間叫んだ。

「みっ、みせっ、見せろって……、こっ、ここでぇっ？」

「確認だ。それともこのままスカートの中に手を入れて、間違いなく着用できているか直に確かめてやろうか」

萌は思わず両手でスカートを押さえる。慌てたついでにトレイを床に落としてしまった。

確かに周囲には誰もいないが、「見せろ」という命令に従うならスカートを捲り上げなくてはならない。ガーターを留めているのは太腿だ。そう考えると、かなりたくし上げる必要が出てくる。

（はっ、……はずかしいぃっ……）

自分でスカートをめくって見せるなど、なんとも言えない恥辱だ。萌はスカートを握りしめて、頬を染めたまま目を逸らす。

だが、もじもじしているとスカートに章太郎の手が伸びたので、慌てて一歩引いた。

「みっ、見せます！　じっ、自分でやりますから！」

章太郎は手を引き、萌を見つめる。彼の視線を感じながら、萌はゆっくりとスカートをたくし上げていった。

するすると上がっていくスカートの裾を、章太郎の視線が追う。萌は手を一旦ガーターリングの上で止め「ここでいいでしょう？」と問いかけるように章太郎を見たが、彼の

「もう少し上げろ」との指示を受けて戸惑い気味に手をさらに引き上げた。

(恥ずかしいよぉ……)

逸らした目は章太郎を見ることもできない。彼の鋭い視線に見つめられているのかと思うと、それだけで体温が上昇した。

ぴたりと揃えられた両足に、黒いガーターストッキング。太腿で留めたガーターリングのレースがかわいらしさを添えるが、その姿はどことなく清楚感よりエロティックな空気を漂わせる。

「あ、あの……、見ましたか……?」

「まだ下げるな」

スカートを自らまくって見せるという行為は、なんて恥ずかしいのだろう。

「色気は足りないが、なかなかだ。お子ちゃまにしちゃ上出来だな。そのうち俺が、もっと似合うようにしてやるさ」

(なんですか、それは!)

尋ねようものなら、どんなことをしてくれるのか事細かに説明されてしまいそうだ。

とにかく見たのなら良いだろうとスカートを下げかけるが、章太郎の手が伸びてきてその裾をめくった。

「ああ、やっぱりショーツも取り替えたのか。脱がすのが遅かったから濡れたんだろう?

今度は濡れる前に脱がしてやるからな」

「……脱がっ！」

反抗の言葉が出かかるが、その時執務室のドアがガチャリと音をたてる。人の気配を感じて慌ててスカートを下ろすと、見送りに出ていた数人のスタッフが戻ってきた。

「ご苦労さん」

声をかけた章太郎に、若い執事補佐が笑いかける。

「奥様が、水野さんの見送りがないと寂しいとおっしゃっていましたよ」

「光栄だな。お出迎えには必ず行くよ」

令嬢の精鋭という立場からなのか、章太郎は当主一族から妙に気に入られているように感じる。

きっとそれだけ、仕事もできて信用もされているのだろう。他人からの信頼が厚く、仕事に忠実で自信を持っている男性は、萌も尊敬ができる。大好きな祖父がそんな人物だ。

（尊敬は、するけどさぁ……）

章太郎の〝調教〟は萌を惑わせてばかりで、どう解釈したら良いものか……。

萌は、困惑せずにはいられなかった。

Lesson 5☆とろける調教

章太郎の目に、自分はどう映っていたのだろう。

萌は激しく気になった。

書斎で着用はしたが、特に鏡で見たわけではないので、ガーターストッキングを身に着けた姿を自分自身では確認していない。

萌の姿を眺め、満足げだった章太郎。あの彼に「お子ちゃまにしちゃ上出来だ」と言わせた自分の魅力は、どれほどのものなのだろう……。

気になると止まらなかった。萌は人目をはばかりメイド用のパウダールームへと入ると、大きな鏡の前で、こっそりとスカートをたくし上げてみた。

パウダールームには、上半身のみを映す鏡から、身だしなみをチェックするための全身鏡まである。パウダースペースの後ろへ回ればお手洗いが付属しているが、今は誰もいないらしく物音などは聞こえてこなかった。

「うわぁ」

鏡に映った自分の姿を見て、思わず歓声をあげる。

「か、かわいい……。さすがはお嬢様のドレス用に誂《あつら》えたものだけあるわ……」

着用した自分の姿を確認するより先に、萌の目はガーターリングに引きつけられた。清楚で上品なネイビーブルーのメイド服。白いエプロンはフリル付き。そこに太腿を飾るガーターリングがとてもかわいらしく、一緒に見るとメイド服までが格の違う洋服のように感じられる。

お世話役のひとことで見送られたと言うが、もしこれをあのビスクドールのように美しい令嬢が身に着けていたとしたら……。

わざわざ見せるものではないにしろ、きっと上品でかわいらしかったに違いない。身に着けるランジェリーなどで女性の雰囲気というものは変わることもある。大輪の白百合を思わせる清楚さの中に、令嬢は微かな艶を漂わせていたかもしれない。

(色っぽいっていうより、かわいいデザインだもんね……。お嬢様が着けてたら凄く似合ってただろうな)

これを萌のために用意したという章太郎。すぐに思い付いて用意できるということは、それだけ気にかけていた一品ということではないだろうか。

そう思うと、章太郎はこれを着けた令嬢の姿を見たかったという未練があったからこそ、このガーターリングがすぐに思い付いたのではないかとも思えた。

（でも、わたしだって……、似合うって言ってもらったもん……。お嬢様には、敵わないとは思うけど）

章太郎が精鋭として令嬢を神聖化していることを考えると、なぜだか胸がもやもやした。

彼は色っぽい雰囲気が好きだろうと思ったが、実はそうじゃないのかもしれない。

令嬢は確かに綺麗ではあるが、艶っぽい美人というよりは清楚でかわいらしいタイプだ。考えてみれば、彼が好きだというオレンジ味のキャンディもかわいらしいイメージがあるように思う。

付き合っていたという紫は、どちらかと言えば色っぽいタイプ。かわいらしいタイプが好みだと言うなら、なぜ彼女と付き合っていたのだろう。

（え、エッチなことできればいいとか……、そういう大人の事情ってやつなのかな）

思わず邪《よこしま》なことを考えている自分に戸惑う。邪念を振り払おうとして頭をブンブンと振っていると、突然声がかかった。

「何してるの、あなた」

「ひゃぁっ！」

悲鳴をあげて鏡に目を向けると、後ろに紫が腕を組んで立っていた。気が付かなかったが、どうやら個室に入っていたらしい。

慌ててスカートは下げたものの、萌が鏡で足を確認していた姿はしっかりと見られてしまったようだ。

「ふーん。ガーターにしたの？　あなたのイメージじゃないわね」

「はい、わたしもそう思ったんですけど……」

「さしずめ、章太郎に『ガーターにしろ』って言われた、ってとこかしらね。あの人、そういう人だから」

当たりだ。さすがにプライベートの付き合いがあっただけのことはある。紫はハァッと溜め息をつき、憎々しげな表情を作った。

「本当、強引で自分勝手で。……自分の意に沿わなきゃ癇癪《かんしゃく》を起こす……。最悪よね、あいう男。あなたも気を付けなさいよ」

「あ、あの、確かにいきなり意味不明に怒ったりはしますけど、でも、指導は適切だし、時々優しいし、……そんな、最悪ってほどでは……」

つい言い返してしまってから、萌はハッと口をつぐんだ。

（わたし、どうして庇ってるの……？）

戸惑う萌を、紫も当惑した表情で見ている。まさか萌が章太郎を庇うとは思わなかったのだろう。彼女がしごかれてヒィヒィ言っているのは、メイドの誰もが、いや、今や使用人の誰もが知っているのだ。

「何……、あなた、まさか、もう寝たの？」

「は？」

「章太郎に抱かれたの？　って訊いてるのよ。だからそんなに庇うの？」

「しっ……、してません！　そんなことしてません！　できるわけがありません！」

萌は猛然と否定をした。確かにもう少しで危なかったが、ヴァージンは守られている。

第一、彼女は執事の婚約者であって、章太郎だってそれを知っている。そんな自分と最後の一線を越えるなど、いくら彼でもしないだろう。

（……するつもりなかった……、よね……）

萌自身、自信を持って否定はできない。章太郎の言動には、萌に身の危険を感じさせる要素がありすぎる。

「ふぅん……」

紫は腕を組んだまま溜め息をつくと、片手を上げて踵を返した。

「せいぜい気を付けなさいよ。あの人にとって、女なんて娯楽でしかないんだから。まぁ、今週末には執事様も戻られるし、それまで頑張るのね」

「え!?　何を頑張るっていうんですか？　って言うか、執事様、お帰りになるんですか!?」

紫のひとことに素早く食いつくと、知らなかったのかとばかりに怪訝そうな目が萌を見据えた。

「今週末に旦那様がお帰りになる予定でしょう？　執事様は旦那様に同行なさっているのよ、一緒に戻られるに決まってるじゃないの」

「あ、そ、そうですね……」

今週末と言えば明後日だ。正直なところ当主がいつ戻るのかも知らなかったが、いよいよ明後日には婚約者に会えるのかと思うと、萌は急に緊張してきた。

「執事様が戻られれば、あなたの教育係も変わるでしょう。章太郎は元々、メイドの教育係なんてものに回されるべき人じゃないんだから。執事様の留守中に突然あなたの入邸が決まって、教育担当も指導プログラムも執事様の采配を仰ぐことができないからって、章太郎が付いたのよ。戻られればあなたの待遇も正式に決まる。もちろん章太郎以外の教育係がつくでしょう。もうすぐ終わりよ、安心なさい。……まぁ、とはいえ、気は抜かないことね。新人の世話をするから忙しくなる、なんて、簡単な理由で別れ話を持ち出すような男だもの。……今度は、目新しいところで、あなたが狙われているのかもよ」

捨てゼリフとばかりに私見までも吐き出し、紫はさっさとパウダールームを出て行った。

章太郎と紫が別れた原因は自分にあるなんて、萌はにわかには信じられない。紫が言っているのだから確かに章太郎はそう言ったのだろうが、萌が入邸して教育で忙しくなるから、というのは、あまりに単純すぎる理由である気がする。

（なんか、言い訳がましいというか……、水野さんとは思えない、わざとらしい理由だよ

ね）

だがしかし、萌はそれよりも、もうすぐ章太郎が教育係ではなくなるかもしれないということに、軽い失望感を覚えている。

（どうして……わたし……）

執事が帰ってくるという話より、ふたりが別れた原因より……。

「教育係、……終わりなんだ」

その事実が、何よりも心を抉《えぐ》り、胸を締め付ける……。

教育係が変わるなら、それに越したことはない。

確かに章太郎の指導は適切だ。メイドとしての仕事も礼儀作法も、彼から教えを受けると本当に身が引き締まる。

だが厳しさも度をすぎていて、セクハラまがいの言動に及ぶこともある。おまけに別の指導、もとい、調教までプログラムに加えられ、萌は貞操の危機まで感じていた。

正式な教育係が決まれば、もう章太郎におかしな調教をされることもなくなる。

それは、萌にとって決して悪いことじゃない。不安の原因がなくなるのだから。

それなのに今、萌は自分でも理解できないほどの焦燥に襲われている……。

「萌さん？　何かあったの？　元気がないけれど」

午後の休憩に入っていると、櫻子に声をかけられた。萌がひとり座って真剣な表情をしているので気になったのだろう。

確かに考え事はしていた。しかし萌はすぐに嘘と分かる生気のない声で「なんでもないです」と答えた。

いくらおっとりとした櫻子でも、こんな萌を見て不審に思わないはずがない。問い質そうとすると、先に窓辺に立つメイドふたりの話し声が響いた。

「あっ、見て、水野さんよ」

「見回りかしら。素敵ねぇ」

引きつけられるように萌の顔が上がる。窓の外で章太郎を見つけたらしいふたりは、彼の姿を追いながら楽しそうに話を続けていた。

「萌さん？」

櫻子が首を傾げる。萌がふいに目の前に置かれたキャンディポットからオレンジ色のキャンディを取り出し、ハンカチに包んだからだ。

立ち上がった萌は、そのまま窓辺へと向かう。噂話をするふたりには目もくれず、窓を開けてテラスへと飛び出した。

「水野さん！」

テラスの柵に手をかけて彼の名を呼ぶ。茂みの間から姿を覗かせていた章太郎が萌の声に気づき振り向くが、その表情はすぐ驚きに変わった。

「も、萌さん！」

背後で櫻子の慌てた声が響く。

それには構わず、萌はそのままテラス脇の階段から庭へ下り、章太郎に向かって駆け出した。――しかし……。

「何をやっている、馬鹿者！　窓から外へ飛び出すなど、はしたないにもほどがある！」

早速、章太郎からの叱責が飛んだ。

「犬っころじゃないんだ！　お前のご祖父様は躾《しつけ》に厳しい方だと聞いているぞ！」

いきなり祖父の話を持ち出されたので、勢いを失う。それでも彼の前で立ち止まった萌は、謝るより先に持っていたハンカチを差し出した。

「あ、あの……、これ、どうぞ。お疲れ様ですっ」

しかし、章太郎は腕を組み萌を見下ろしている。

萌はハンカチを開いて、折り目の間に挟んでいたオレンジのキャンディを見せた。

「あの……、水野さん、オレンジのキャンディが好きだって言っていたから……。執務室にはキャンディポットなんて置いてないし、……男の人は、なかなかこんな物を取って食べる機会もないかなって……」

章太郎は無言で眉を寄せる。萌は今さらながら、自分のしたことが大胆だったかもしれないと思って驚き、青くなって冷や汗を浮かべた。

（うわぁ……、なんか怒ってる？）

いきなり男性にキャンディを差し出すのは、失礼な行為だったのだろうか。それとも、仕事中にお菓子類を持ち歩いたので怒っているのだろうか。

「お前は……、まったく……」

章太郎が嘆息し、片手で額を押さえる。

（あ、呆れてる!?）

「くだらないことをしている暇があったら、コーヒーのひとつも上手く淹れられるようになれ！」と怒鳴られるかと思い、萌は息を飲んで、いつでも逃げられる体勢を取る。

しかし章太郎は、彼女の手からハンカチを取り上げると、萌が逃げる寸前で腕を掴んだ。

「ひっ！」

「ちょっとこい」

悲鳴をあげてしまった萌を叱るわけでもなく、章太郎は萌を引っ張りながらずんずんと歩いていく。

そして、通路から大きく外れた茂みの陰で立ち止まった。

「まったくお前は……、なんだってこう、かわいいことをしてくれるんだ……」

（……え？）

思わず耳を疑う。彼は今、かわいい、と言った。

言葉も出ないまま章太郎を見つめていると、彼はハンカチを開き、萌に問いかける。

「お前の分はないのか？」

「え？　あ、いえ、水野さんに、と思って持ち出したので……。自分のは……」

「どうして俺に？」

「……なんとなく……、あの、……話しかけたくて……」

なぜ、話しかけたいなどと思ってしまったのだろう。

話しかけたって、別に楽しい会話ができるわけでもないのに。怒られたりからかわれたり、皮肉や嫌味ばかりを言われるのが関の山だ。

教育係が変われば、章太郎には声をかけてもらえることさえなくなってしまうのかもしれない。

そんな風に思ったら勝手に身体が動いて、萌は章太郎の元へ走っていた。彼の姿が見えると聞いた瞬間、彼のそばに行きたくて堪らなくなった。

キャンディは、近づくための、言い訳だ。

（わたし……、教育係が代わるの……、嫌がってる？）

自分の気持ちを計りかねている彼女の気持ちを知ってか知らずか、章太郎はふと表情を和めると、キャンディを口に入れた。

「お前も食べるか？」

「え？　でも、一個しか……」

「食べさせてやる」

その言葉に反応する暇などなかった。両の肩口を摑まれた萌の身体は背後の木の幹に押し付けられ、逃げ道を塞ぐように迫った章太郎の唇が、萌のそれに重なる。

「……水っ……ぁっ」

声を出そうとしたが、萌の唇は深いキスを施す章太郎に支配される。挿し込まれた舌から移されるキャンディが、萌の口腔内をとろけさせた。

「ふっ……ンっ……」

口の中も甘いが、鼻から抜ける息と漏れる呻き声までも甘い。絡まる舌に誘導されて、コロコロと転がるキャンディをくすぐったく感じながら、萌はこのキスが今までで一番気持ち良いと思った。

「全部溶けるまで……、やめないからな……」

キャンディをふたりの口の中で溶かし合うのに、どのくらいの時間がかかるのだろう。

(溶けなきゃいいのに)

彼にキスをされて、心までこんなにも気持ち良くなってしまえるとは思わなかった。

それは、章太郎が教育係ではなくなるかもしれない、もう、彼と関わることはできなくなるのかもしれない。そんな思いが、章太郎を心の中へ引きこんだからなのか。

「あの……、水野さ……」

顔の向きを何度も変えて、章太郎は楽しそうに萌の唇を食む。

ふたりの熱のせいなのか、それとも舌の動きが激しいせいなのか、キャンディはどんどん小さくなっていった。

「水野さ……ん、……かわいいものって……、好きですか……？」

気になっていたことを口にすると、一瞬舌の動きが止まる。萌の唇をキュッと吸い、ピクリと彼女の肩口が震える。その反応にクスリと笑い、章太郎は初めて聞くような深く甘い声で囁いた。

「ああ、好きだよ……」

（……好き……？）

萌に対して言われた言葉ではない。

かわいいものは好きかという質問に対する答えだ。

だが萌の体温は上がり、そのままくずおれてしまいそうになる。それはついさっき、章太郎が口にした「お前はかわいいことばかりをする」という言葉と、彼の声の甘さと優しさのせいだ……。

しかし次の瞬間、萌はハッと我に返る。メイドエプロンの肩紐が落とされ、胸元のボタンが外され始めた。

「……ぁ……」

章太郎の腕を掴むが、もちろんそれで止まるはずはない。彼の手は胸元を広げ、指が首筋をくすぐる。小さな呻き声をあげ両肩を竦ませると、もう片方の手がうなじへ回り、背中にあるファスナーの小さなホックを外した。

「みっ……ず……、あっ」

章太郎は、離れそうになった唇を追いかけ、萌の舌を強く吸った。甘い唾液が絡まりながらふたりの口腔内を往復して、唇の隙間から蜂蜜のようにもったりと流れ落ちた。

ファスナーを下げる音が大きく響く。腕を曲げているので滑り落ちはしないが、メイド服は胸の下まではだけ、薄いピンクのレースで彩られたかわいらしいブラジャーが姿を現す。章太郎は、すぐさまそれを手で覆った。

男の手で胸をまさぐられるなど初めての経験だ。萌はピクリと身体を震わせた。

「お前が言った通りだな」

「え……？」

「結構、触り応えのある大きさだ」

「あっ……」

ブラジャーの上から力を入れて掴まれ、萌は再びピクンと震える。

緊張と恥ずかしさと戸惑いのせいで、鼓動が速くなっているのを彼に悟られてしまいそうだ。そう考えると、萌は気が気ではない。

キャンディは薄っぺらく小さくなってしまった。溶けるまでやめないと言ってはいたが、これが溶け切ったら、この悪戯も終わるのだろうか。

(これも、〝調教〟?)

章太郎の唇が離れると、ゆっくりと開いた瞳に章太郎の表情が映り、萌の胸はひときわ大きく跳ねあがった。

「こんなかわいいことをされて……、我慢できるか……」

呟きながら、章太郎は最後に残った小さなキャンディをカリッと噛み砕く。

唇は萌の首筋を辿り、鎖骨に吸い付く。そのまま下りてブラジャーの上から膨らみをついた。

「あ……、水野さ……やっ……」

弱々しい拒否の言葉は、風にざわめいた木々の声に消される。

章太郎は両手で萌の胸を寄せ、布の上から微かな突起を見つけ唇で挟んだ。

「あっ……!」

つい声が出てしまい、萌は下唇を噛んで章太郎を見る。頬を真っ赤にしている彼女にチラリと視線を投げてから、彼は今の刺激でさらに硬くなった突起を甘噛みした。

下唇を噛んだまま大きく震える萌の様子は、まるで仔猫のようだ。

「感じたか？」

「ち、ちが……、違う……、あんっ」

「お前の感度が良いのは確認済みだ。無理をするな」

「なにを……、あっ、……やぁっ……」

剝ぐようにブラジャーのカップがずり下ろされ、ポロリと乳房が零れる。章太郎が指で両の頂を擦ると、ブラジャーよりも鮮やかなピンク色をした乳首が、ぷくりと立ち上がった。

片方を指で摘まんだまま、もう片方を唇で捉える。ついばまれ舐め上げられると、萌の声はさらに大きくなった。

「やっ、……やぁっ、あっあっ……、水野、さんっ……、やぁっ……！」

下半身に熱いぬめりを感じる。腰をもどかしそうに揺らすと、章太郎に叱責された。

「そんなに感じるな。はしたないぞ、ヴァージンのくせに」

「そんなこと……言っても……、ぁ、んっ……」

彼の指は相変わらず萌の乳房を摑み、乳首を擦る。舌は乳首をキャンディのように舐め転がした。

「感じるようなこと……、してるの、誰、なんですかぁ……ああっ……」

「ん？　俺」

「そんなこと言うなら……、やっ、あぁっ、……やめて、……んっ……くださ……あんっ」

「嫌だ」

ひときわ強く乳首が吸い上げられる。萌が泣き声に近い喘ぎを漏らすと、章太郎の唇が素早く彼女の唇を塞いだ。

「馬鹿、ここはあまり人はいない場所だが、誰か通ったら気づかれるだろう。少し声を抑えろ。これだからお子ちゃまは」

「そ、そんなこと、かんがえられなっ……あぁっ……、こ、こんな、……ことするの、初めてで……やぁんっ……あっ、……ひゃっ！」

章太郎の手がスカートの中で太腿を撫でる。躊躇《ためら》いなく指は足の中央へと押し入り、萌は驚きの声をあげてしまった。

「みっ、水っ……あンっ！」

ショーツ越しに指がクレバスを押し上げる。くちゃりっという音がして章太郎の指が湿り気を感じると、彼は申し訳なさそうな顔をした。

「今度は濡らす前に脱がせてやるって言ったのに……、悪かったな……」

「……そんなこと、なっ……ぃ、あっ、ぁぁ……」

章太郎の指は、ショーツ越しにクレバスの中央を前後に擦る。

萌の秘部から漏れ出した蜜はすでにショーツを濡らしている。そのせいで、彼の指は呆気ないほどスムーズに彼女を刺激できてしまう。

「やっ、ぁ……ぁ、やめ、て……、やめてくださっ……ああっ！」

野外なのに、淫らな調教になすすべなく応える自分が恥ずかしい。

声さえ我慢できなくなって、まるで自分の身体ではなくなってしまったかのようだ。助けを請う気持ちで章太郎を見るが、そこには自分の知らない男の強い視線があり、萌の花芯はさらに疼《うず》いた。

「水野……さ……」

（どうしよう、気持ちイイ……）

だが、感じるままを口になどできない。

萌は、快感というものに身体の自由を奪われていくのを感じる。

「まさか、お子ちゃまに煽られるとはな……」

章太郎がズボンのベルトを外し始めたので、萌は予想外の展開に動揺する。

「あっ、あのっ、……水野さっ……、まさか……」

「煽ったお前が悪い。安心しろ、痛くないよう配慮はする」

「配慮……、配慮ってぇ……、あ、あのっ……何を……」

何をしようとしているかなど、もちろん見当はついている。しかし萌は、あえて訊かずにはいられない。

ニヤリと笑った章太郎からは、萌が思った通りの言葉が囁かれた。

「決まっているだろう。……〝男〟を教えてやる」

（ちょっと待ってくださいぃっ!!）

萌は驚いて声を出せないまま、ぶんぶんと首を左右に振り続ける。しかし章太郎は、そんなことには構いもせずベルトを外し彼女の足を掬《すく》うと、身体を抱きかかえ芝の上へと押し倒した。

「俺が〝女〟にしてやる。ありがたく思え」

「みみみっ、みずのさんっ」

（ありがたく思えませんってば!!）

まさかが本当になってしまった。

（これは、……これは、まずいわよね!?）

執事は萌がヴァージンであるかないかなど聞いていないだろうし、婚約の条件に〝ヴァージンであること〟などというものもなかった。

（仮にここでヴァージンではなくなっても、婚約者として問題はないの？　でも、婚約者がいるのに、他の男の人にヴァージンあげちゃうって、それってどうなの!?）

あまりにも不誠実な感じがする。章太郎にだって、そのくらいは分かるだろう。

だが萌は、紫の言葉を思い出す。「あの人にとって、女は娯楽でしかない」それが真実だからこそ、こうして萌を調教するのも娯楽程度にしか考えていないのかもしれない。娯楽だと思っているから、上司の婚約者にも、こうして平気で手が出せるのだろうか。悲しいかな、そう思わずにはいられない……。

考えれば考えるほど、萌は切なくなってきた。

「い、いやです……、やめてください……」

萌は泣き顔になって章太郎の胸を押す。彼の膝は萌の両足を割り、腰を抱え上げながらズボンを下ろしかかっているところだった。

「こんな……こんな……、イヤですっ……」

「どうして？」

「ど、どうして……、って、だって……」

章太郎の胸を押す手を、彼が掴む。

「お前は……、嫌なのか？」

尋ねる章太郎の表情が、なぜか悲しげに見え、萌は返答に困ってしまう。

「俺では、嫌なのか？」

「わ、わたし……」

つい、弁解がましい言葉が口をついて出た。

「こ、……ここじゃ、嫌ですっ。こんな所じゃ……」

「……場所が、不満なのか？」

「だって、わた、わたし……、は、初めてなのに……、なのに外でなんて……」

章太郎はクッと喉の奥で笑うと、唇にひとつキスを落とす。

「萌……」

章太郎は恥ずかしそうにしている彼女の頬を撫で、耳元に唇を寄せて囁いた。

「今夜、お前の部屋に行くから、待っていろ」

意外なひとことに、泣きそうになっていた萌の表情が固まる。

「部屋、に……？」

「都合が良いことに、あの棟の鍵はすべて俺の管理下にある。もちろんお前の部屋の合い鍵もな」

萌が動けずにいると、章太郎が起こしてくれた。メイド服の胸元やエプロン、押し倒した時にずれてしまったホワイトブリムを綺麗に整え、最後に長いキスを落とす。そして、彼女にひとつ仕事を言い渡した。

「執務室に、コーヒーを持ってくる時間だ。濡れたショーツを替える時間をやるから、美味いコーヒーを淹れてくれ」

「は、はい……」

ぽぅっとして締まりのない返事になってしまったが、今回は章太郎の喝が飛ぶことはなかった。彼はベルトを締めネクタイを直すと、萌に向かって軽く手を上げて茂みから出て行った。

今、自分の身に起きたことを頭の中で回想しながら、萌はしばらくボーっと立ちつくす。

しかしすぐに、大事なことを思いだした。

（今夜？　部屋にくるって言ってなかった？　それって、アレ!?）

あの流れで、「今夜部屋に行く」というセリフ。

つまり、萌の部屋が初体験の場所になってしまうということだ。

（ど、どうしよう！）

結局約束させられてしまった。

そんなことをしても良いのだろうか。さまざまな思いが交錯する一方で、章太郎の姿が、甘い囁き声が、頭から離れない。

「わたし……、どうしちゃったんだろう……」

Lesson 6☆揺れる恋心

「美味い」

そのひとことを耳にして、萌は信じられない気持ちで立ち竦んだ。

「え……、あの……」

戸惑いに目を丸くする彼女を前に、コーヒーカップから離れた章太郎の口元がふわりと笑む。

「どうした？」

「あの……、本当に？」

「美味いから、美味いと言ったのだが？　不満か？」

「そんなことないです、あっ、ありがとうございます！」

萌は首を左右に振り、深く腰を折った。

褒《ほ》められて嬉しそうな彼女の姿を、執務室の面々は微笑ましく思いながらも、見て見ぬふりをする。

（褒められた……、コーヒーを淹れて、初めて褒めてもらえた！）

頭を下げたまま、萌は真っ赤になってしまった。

恥ずかしさからではなく、嬉しさで紅潮してしまったのだが、章太郎はそうとは取らなかったようだ。椅子から腰を浮かせ、萌の耳元で囁く。

「気持ち良くしてもらったから、気持ち良く淹れられたんだろう？」

「みっ、みずのさっ……、なんてことっ……」

腰を折ったまま顔だけを上げると、目と鼻の先に妖しく笑う章太郎の顔がある。萌は驚いて一歩引きつつ背筋を伸ばした。

「そっ、そんなことありませんっ」

「じゃぁ、どうしてそんなに照れている？」

「てっ、照れているんじゃなくて、……褒められて嬉しかったんです……。もっ、もしかしてっ、照れさせるために褒めたんですかっ？」

「俺は、無駄に褒め言葉は口にしないぞ」

章太郎は絶賛した萌のコーヒーをもうひと口飲んでから立ち上がると、直立する彼女の耳元で再び囁く。

「決して、今夜の約束を反故にさせないためでもないぞ」

〝今夜〟のひとことで萌の体温は一気に上がり、耳まで熱くなった。

「しっ、失礼します‼」

そう叫んで速足で執務室を後にする萌を、章太郎は満足げに眺める。傍で見ていた若い執事補佐が、苦笑いで彼を冷やかした。

「あーあ、可哀相に。良いんですか、水野さん、あんなに苛めて」

章太郎はカップに口を付け、クスリと口元を和ませる。

「良いんだ。アレは〝俺の〟だからな」

だが、余裕たっぷりに構える彼に追撃の手が伸びた。

「でも、執事様が戻られたら怒られますよ。予定では明後日です」

それを聞いて章太郎は、揺れる漆黒の液体を見つめ、しばし沈思した。

「……そうだな……、叱責は受けるだろうな。——あの人には、俺も敵わないよ」

＊＊＊

執務室を飛び出した萌は、すれ違う者たちが思わず振り向いてしまうほどの速歩きで廊下を進んだ。

頬を真っ赤にさせた上に、口元がニヤニヤと締まりのない動きを見せている。そんな自分が恥ずかしくて、萌自身、収まりのつかない状態なのだ。

（褒められちゃった、褒められちゃった、嬉しいっ！）

やっともらえた称賛は、心が浮き立つほど嬉しい。今夜の約束を反故にさせないために言ったものでないのなら、彼は本心で「美味しい」と言ってくれたのだろう。

（どうやって淹れたんだっけ？　いつもと違うこととかしたっけ？）

最初に教えてもらった通りの方法をずっと忠実に守って淹れ続けたコーヒーは、いつも苦笑いをされ「美味い」の〝う〟の字ももらうことはできなかった。

ブラックコーヒーなど、淹れ方を間違わなければ味は同じではないか。自分の思った通りのコーヒーを淹れることができない人間に任せないで、最初からコーヒーソムリエに淹れさせたほうが章太郎だって萌だって不満が溜まることはないのに。そう考えながら、彼の元へコーヒーを持って行く仕事はストレスにもなっていたのだ。

けれど……、今日は……。

萌は思い出す。

さっきコーヒーを淹れていた時、毎回ハラハラと見守っているコーヒーソムリエやパティシエが、とてもにこやかに見ていてくれた。

『そうそう、お湯の時間の取りかた、良い感じだよ』、『注ぎ方のスピード、ちょうど良いよ。ほら、綺麗な泡の膨らみができてるだろう？』と、時々声をかけてくれた。

そして、淹れ終わった後、コーヒーソムリエがとても嬉しそうな笑顔まで見せた。

『お湯と豆があれば良いというものではないのですよ。大切なのは、抽出する人の真心です。飲んでくれる人を大切に思い、美味しいコーヒーを飲んでもらいたいと思える気持ちの余裕と、丁寧な心遣いです』

「……気持ちの余裕……」

——ずっと、そんなものはなかった……。

章太郎に反発ばかりして、ただ淹れて持って行けば良いのだと、そんな気持ちにしかなれないでいた。

美味いと口にしてくれた時の穏やかな彼の笑顔を思い出し、萌の胸はキュンッと締め付けられる。

あの笑顔をもう一度見たいと、彼女の心は騒ぎ始めた。

あの笑顔を、ずっと自分だけに向けて欲しいと——。

「わたし……」

萌自身が、高まる鼓動の原因に、気づいてしまった……。

脳裏に浮かぶ、章太郎の意地悪な表情。しかしなぜだろう、今それを思い出しても、悔しくもないし憎いとも思わない。

それどころか、虐げながらも時折くれる優しさが、キスをしてくれる時の囁きと同じくらい愛おしい。

「どうしよう……」

だが、萌はこの気持ちに身を委ねられない。

考えれば考えるほど、まだ見ぬ〝婚約者〟の存在が、目の前に大きく立ちはだかる。

萌は章太郎に特別な感情を持つわけにはいかない。ここへ来たのは、婚約者に会うためなのだから……。

萌の心は揺らぐ。

執事が帰ってきたら、いっそ土下座でもして婚約の話はなかったことにしてもらおうかとまで考える。そうすれば自分は、余計なしがらみなど気にすることなく、章太郎に対する気持ちを貫くことができる。

しかし萌は、祖父の願いを思い出した。

大切な亡き友との友情を大切にする祖父。幼い頃から尊敬し大好きだった祖父の念願を、叶えてあげたい。「ありがとう、萌」そう言って微笑み、大きな筋ばった手で頭を撫でてくれた祖父を裏切りたくない。

「おじいさま……」

萌は胸でトレイを抱き、下唇を噛んだ。

じわりと、涙が浮かぶ。

今まで異性に対し、淡い恋心を抱いたことはあっても、ここまで胸が詰まるような思いになったことはなかった。

厳しくされ嫌味を言われて、子ども扱いをされ馬鹿にされて。意地悪なだけの嫌な男だと思っていたのに。

時折くれる優しさが、思わせ振りな言葉や仕草が、そして彼から特別にされる調教が、いつしか萌の心も身体も捉えて放さないようになっていた。

（わたし……、水野さんが……？）

「何しているの、あなた」

突然背後から声をかけられ、萌はピクリと身体を震わせた。

おそるおそる振り向くと、たまたま通りかかったらしい紫が立っている。萌が額を壁に付けて立ち竦んでいるので、訝しく思ったのだろう。

おかしな姿を見られてしまうのは二度目だ。萌は浮かんだ涙を悟られぬよう、紫から目を逸らし、作り笑いを浮かべる。

「な、なんでもないんです……。ちょっと休んでいただけで……。すいませっ……」

慌てて頭を下げその場から立ち去ろうとしたが、あまりにも気が動転してしまったせいか足がもつれ、転倒してしまった。

「きゃっ!!」

転んだ拍子に大きく捲くれ上がってしまったスカートを慌てて直そうとした瞬間、足元に屈んだ紫がいきなりそのスカートをさらに捲くり上げた。

「ゆっ、紫さっ……！」

まさか女性にスカートを捲くられるとは。萌は驚きに固まるが、紫は険しい表情で険悪な声を発した。

「……は？」

「草が付いているわ」

萌が目をやると、ストッキングに小さな草が絡みついている。それもガーターリングの傍という、通常では草など付きようがない場所だ。

紫は草を摘まみ取り、チラリと冷たい視線を萌に投げた。

「どうしてこんな所に……、草が付くのかしら……」

さっき章太郎に芝の上へ押し倒された際に付いたのだろう。しかし、それを正直に言うわけにはいかない。

「あ、えと……、どうしてでしょうね……さっき、庭で転んでしまって……。そのせいだと……」

だが、そんな言い訳は通用しなかった。紫は、表情をさらに険しくした。

「あなた、さっき、章太郎を追って控え室から庭へ飛び出したらしいわね」

「……はい……」

「ということは、章太郎が一緒だったたっていうことなんでしょう?」

「あの……」

「見ていた子たちが大騒ぎしていたわ。窓から飛び出して一目散に走っていったあなたと章太郎が寄り添う姿が、とてもロマンチックに見えたって」

萌は返事ができなくなってしまった。口調から察するに、紫は間違いなく快くは思っていない。

別れたとはいえ、彼女はまだ章太郎に未練があるのだろう。だからこそ、何かあるたびに彼の名を口にするのだ。

「わたし、仕事でミスをしてしまって……、なので、水野さんに謝らなくちゃって思っていて、早く謝りたいと思っていたら、窓から水野さんが見えたので、つい……」

萌の下手な言い訳は、紫の嫉妬心をさらに煽った。

次の瞬間、パンッと肌を弾かれる音が響く。紫が萌の頬を打ったのだ。

(……叩かれた……?)

一瞬、何が起こったのか分からなかった。

自分がぶたれたという現実を、萌は認識できなかった。

お嬢様として生まれついた萌は、もちろん誰かに手を上げられた経験など皆無だ。それどころか、人が人を殴るなどという行為は、物語の中でのみ行われていることだと思っていた時期さえある。

そんな自分が叩かれた。それも女性に。

これは彼女にとって、とんでもないショックだ。

萌は叩かれた状態のまま目を見開き、しばらく呆然としてしまった。

「わざとらしいのよ……。抱かれたなら抱かれたって言えば良いじゃない。何よ、そんなにわたしがふられた話が面白い？　だいたい、わたしたちが別れることになったのは、あなたのせいじゃないの！」

（ふたりが別れた原因は、やっぱりわたしなんだ……）

初めて人にぶたれ、紫の本心を聞いてしまった衝撃で、萌は床に座り込んだまま立てない。それどころか、太腿まで捲くられたスカートを直すことさえ忘れていた。

「抱かれてなんて……いません……。だって、そんなことができるはずないし……。水野さんは、お子ちゃまは嫌いだ、って……」

半分は本当だが半分は嘘だ。

紫もそれは感じたようだ。戸惑い、不安を隠せない萌の腕を摑み、紫は再び手を振り上げた。

「馬鹿にするんじゃないわよ！」

（またぶたれる!?）

危険を察した萌は、両目を閉じ身体を縮ませる。紫の立腹具合から最初以上の痛みを覚悟するが、次の平手打ちはなかなか下らなかった。

おそるおそる瞼を開く。見開いた瞳に映ったのは、思いもよらない光景だった。

「何をしている、紫」

萌に向かって振り下ろされようとしていた腕を、いつの間にかやってきていた章太郎が摑み上げていた。

「……章太郎……」

紫の顔色が変わる。それは、萌に暴力を働こうとしていた現場を見られたからだけではなく、彼の表情が凄く厳しいものであったからだ。

章太郎は摑んでいた紫の腕を下ろし、蒼白になった彼女に引導を渡した。

「執事が留守のあいだ、全権限を預かる執事補佐長として、紫、お前に無期限の入邸禁止を言い渡す。今すぐに荷物をまとめて出て行け」

驚いたのは紫だけではない、呆然としていた萌も驚いて彼を見上げた。

（……執事、補佐長？）

章太郎がそんな地位の人物だったなんて初耳だ。章太郎は令嬢の精鋭という役に就いているだけだと萌は思っていた。

「後の対応はメイド長に任せる。彼女の指示に従え。分かったな」

章太郎はそれだけを言うと、萌の傍らに屈む。そして、まだ驚きから解放されない彼女をひょいっと横抱きにした。

萌の息が止まる。〝お姫様抱っこ〟などされたのは初めてだった。こんなことは結婚式かハネムーンの時ぐらいにしか許されない行為だとさえ思っていた。

「あああっ、あのっ、水野さん、重いから下ろしてくださいっ」

その場に立ち竦む紫には一瞥《いちべつ》もくれず、章太郎は萌を抱きかかえたまま歩き出した。

抱えられたままチラリと紫を見ると、彼女は、背中を向けたまま肩を震わせていた。

章太郎が萌を運んだのは、朝の調教場所だった書斎だ。

大きなソファの上に下ろされ、そこにちょこんと座って待っていると、ふいに後ろから冷たいタオルが頬に当てられる。ピクリと肩を震わせて振り向くと、章太郎が微笑んでいた。

「当てておけ。頬が少し赤くなっている」

ぶたれて赤くなっていた頬が、さらに赤みを増す。萌は自分でタオルを持ち、「ありがとうございます」と力なく礼を口にした。

タオルの冷たさを心地良く感じていると、章太郎が隣へ腰を下ろす。自分に向けられているらしい彼の視線が気恥しくて、彼女は知ったばかりの事実を口にした。

「……ここって、水野さんの書斎でもあるんですね……」

「ん？　ああ、まあな。普段は、他の執事補佐たちと一緒に執務室にいるほうが多いけどな」

「……水野さんは、お嬢様の精鋭って役目の人だと思っていたので……驚きました……。執事補佐長だなんて……。それって、執事さんの次に偉い人ってことですよね……」

「そうだな」

萌は、この執事の留守中に入邸した自分の教育係に章太郎が付いた本当の意味を、やっと悟る。

執事不在の折、全権限を預かる執事補佐長ならば、執事の婚約者である萌に何かあってはいけないと、自ら教育係についてもおかしくはないだろう。

「水野さん……」

「ん？」

タオルを外し、章太郎を見つめる。

彼に向かって顔を寄せ、萌は自ら唇を重ねていった。

「ごめんなさい……」

萌は、すぐに唇を離し、謝罪を口にする。

紫の暴挙から助けてもらったのだから、この場合は「ありがとう」のはずなのに、萌は、礼を言うよりも謝りたい気持ちでいっぱいだった。

「わたしが来たばかりに……、水野さんと紫さんは……、別れなくちゃならなかったんですよね……」


章太郎に入邸禁止を言い渡され、肩を震わせていた紫。

彼はちょっとした火遊びくらいにしか思っていなかったのかもしれないが、紫は本当に章太郎が好きだったのだ。それが、痛いほど分かった。

萌に辛い物言いをするのも、抑えようと思っても抑えられない嫉妬の表れなのだと。

「わたしが、執事さんの留守中に入邸するなんて中途半端なことをしてしまったから……。水野さんが忙しくなってしまって……」

正式な手続きを踏み、執事に迎えられて入邸したのなら、章太郎が萌の教育係になることも、紫との関係を終わらせる必要もなかっただろう。

章太郎は、本当は紫が好きだったのではないだろうか……。

彼は仕事第一で、任務のためならば酷なほど冷徹になれる男だ。最初にふたりを見た時、今生の別れであるかのように紫を突き放したのも、彼女を入邸禁止にしたのも、すべては仕事のためのなのではないか。

「萌……」

心を痛め下唇を噛む萌の顎を掬うと、章太郎は深く嘆息した。

「何か誤解をしているようだが、……正直、紫との関係を終わりにしたのは俺の都合じゃない。あいつの都合だ」

「……は？」

「あいつは銀行家の三女で、今年中に結婚をする。秋には退邸の予定だった。まあ、顔も見たことのない男が相手で、早い話が政略結婚だ。だから、いずれにせよそろそろ潮時だったんだ」

　萌は何度も目をしばたたかせた。

　それならば、ふったのは紫で、章太郎はふられた側だということか。

「だが、やはりあいつはなかなか納得しなくてな。……政略結婚など、いわば企業家や資産家にはよくある話だ。結婚なんてしたくない。ここに置いてくれと言って聞かない彼女を説得しようとしていたら、『分かったから、最後に一度だけ抱いてくれ』と言い出した。……それが、お前が入邸した日だ。新しいメイドの教育係に就くから忙しくなるという理由も使った。どうせ紫は、それを真に受けて嫌味でも言ったんだろう？」

　萌は入邸した日のことや、紫にぶたれた時のことを思い出していた。

「それでも、……どんな理由があっても、水野さんが悪いです。……紫さん、泣いてました……」

「紫の嫁ぎ先は、大きなファイナンシャルグループの傘下企業だ。その次期社長だし、決して悪い話ではない。……今は分からなくとも、そのうちにきっと分かる日がくる。仮にも二年、この辻川家に尽くしたんだ。辻川家に所縁《ゆかり》のある身分だとわかれば、嫁ぎ先では大切にされるはずだ」

「水野さんは、紫さんが好きじゃなかったんですか？　少なくとも紫さんのほうは……」

「お前には分からないだろうが、大人には、恋愛感情がなくてもセックスで相手から離れられなくなり、執着してしまうことがある。紫の場合はそれだった」

事情のすべてを聞いた萌の心には、安心より悲しみが湧き上がってきた。

「……おっしゃる通り……、そんなことわたしは分かりたくなんてありません……」

顎を掬われ顔をしっかりと章太郎へ向けられたまま、萌は瞳を潤ませる。

「心がなくても、エッチなことでも、なんでもできるのが〝オトナ〟なら……、わたし……、そんなものになりたくありません……」

執事との関係を知っているのに、調教と称して萌に手を出した章太郎。

彼は、萌のことも、紫のように身体だけの関係を結ぶ女として見ているのだろうか。

「わたしも紫さんと同じように、身体だけあれば良い女にされるなら……、わたし、……大人になんてなりたくないです……。また『お子ちゃま』って言われるのが悔しくても、そんな〝オトナの事情〟……知りたくない……」

萌の頬に涙の小川ができる。顎を放してもらえないせいで、萌は章太郎に泣き顔を晒したまま、しゃくり上げ泣き続けた。

するとと、彼女の頬に流れる涙をぺろりとひと舐めして、章太郎が静かに囁きかける。

「萌……、俺はな、生まれたときからこの屋敷にいる。そのおかげで、色々な企業のお偉方の令嬢や行儀見習いのメイドなんかを見てきた。その中には、お前が言う〝オトナの事情〟的な関係があった女もいたが、俺はいつも仕事優先で、女に本気になった経験がない……」

怖いまでに真剣な彼の瞳を黙って見つめる。入邸してから、ずっとこの目で見られるのが恐ろしかった。けれど今は、まったく怖さを感じない。

かえって、湧き上がってくるこの愛しさはなんだろう。

「ただ……、今、実は困っている……。本気になりそうな女がいて……」

章太郎の唇が重なる。顎から離れた手はそのまま萌の背中に回り、ふたりの身体はソファへと沈んだ。

「萌……、好きだ……」

思ってもみなかった言葉に、萌の涙は止まり、息さえ止まった。

「……嘘、でしょう……？」

それを聞いて、ピクリと眉間にしわを寄せた章太郎の表情は悲しげだ。そんな彼にドキリとしながらも、萌は口にせずにはいられない。

「わたし……、〝お子ちゃま〟ですよ？　〝お子ちゃま〟は嫌いなんですよね……？」

（どうして……、こんな子どもっぽいこと言っちゃうんだろう……）

知らしめられたオトナの事情というもの。こんなにも複雑なものを抑えなくてはならないのなら、章太郎の好みであるオトナになどなれない。大きな瞳いっぱいに涙を溜め、萌は彼を見つめた。

どこか悲しげな彼の表情が胸に痛い。きっと彼はすぐに「これだからお子ちゃまは面倒だ」と、呆れて離れていってしまうだろう。

萌は、それを覚悟した。

――――だが……。

「萌……」

鼻からふっと息を抜き、章太郎は苦笑する。萌をまっすぐに見つめ、赤く染まった彼女の頬をクイッと引っ張った。

「なっ……、なんでしゅかぁ……」

「ん？　かわいいなぁ、と思って。呂律が回らないとかわいさ倍増だな」

「……はいぃ？」

「俺は、かわいいものは好きだと言ったろう？　もう忘れたか」

頬を引っ張られたので、目元に溜まっていた涙が頬を伝った。

大粒の雫は章太郎の指を濡らし、彼女の頬を解放させる。その代わりに触れたのは、彼の唇だ。

「……かわいい〝お子ちゃま〟は好きだ……」

再び心臓がドキリと鼓動を打つ。

嬉しいのに、萌は身体の反応とは別の言葉を口にした。

「か、かわいかったら……、嫌いなものも好きになれるんですか……」

「残念だが、俺は滅多に『かわいい』なんて言葉を使わない。もちろん、お子ちゃまをかわいいと思ったのも、初めてだ」

「お、大人の女の人を〝かわいい〟って思ったら、そっちのほうが良くなるんでしょう？

……オトナのほうが好きみたいだし……」

頬をなぞっていた彼の唇が離れ、少々不機嫌な目が萌を見下ろす。

「ああだこうだと屁理屈《へりくつ》はどうでもいい！　いい加減認めろ、馬鹿者！」

「すっ、……すいませぇんっ！」

いきなり怒鳴られて身体を縮める。確かにしつこかったかも……と後悔していると、今度は萌が追及を受けた。

「で？　お前はどうなんだ」

「……はぃ？　なにが……」

「お前は俺が嫌いか?」

「あ、あの……」

ストレートに訊かれ、萌は戸惑う。自分の正直な気持ちをひとこと口にすれば良いだけなのに、上手く言葉にならない。

すると、萌の左胸をいきなり章太郎が鷲づかみにした。

「きゃっ!」

「誤魔化すなよ。正直に言え」

「あ、あの……」

膨らみを摑む手は、まるで、大きくなり続ける胸の鼓動を感じようとしているかのようだ。手のひらで萌の鼓動に触れながら、章太郎はフッと表情を和めた。

「ん? 萌? 俺が嫌いか?」

(……もう、だめだぁ……)

萌はまた涙が出そうになった。

自分は今、大切な祖父や笑顔で送り出してくれた両親の思いを、そして婚約者である執事を、裏切ろうとしている。

けれど、身体中に満ちたこの想いには、もう抗えない。

「……好き……」

萌はポツリと呟き、章太郎に抱きつく。

「水野さんが……、好きです」

「萌……」

耳元で章太郎の声がとても嬉しそうに響いた。彼女の身体を優しく抱き返す。

すぐに唇が重なり、ゆっくりと撫でるように口腔内を愛撫される、穏やかだが濃密なキスだった。

彼は彼女のスカートの裾を上げながら、太腿にまでその手を這わせてきた。

「ぁ……、水野さっ……」

当然萌は慌てる。唇を離し、自分の性急さに気づいた章太郎は苦笑した。

「そういえば、今夜部屋に行く約束だったか。……おかしな場所じゃ嫌なんだったな」

章太郎を見上げ、萌は頬を染める。視線を外し、わずかに俯いて彼の言葉を否定した。

「ここでも……、いいです……」

「萌……」

「だって、ここは、水野さんのお部屋でしょう？　……お仕事の、だけど……。だから、おかしな場所じゃないです……」

自分から誘うようなことを言ってしまって、急に恥ずかしくなる。

だが高まった心は、彼を求めずにはいられなかった……。

Lesson 7☆素直な快感

「この、馬鹿っ！」

なぜか章太郎の叱責が飛ぶ。

「そういったかわいいことを言うな！」

「は？」

「せっかく夜まで我慢しようとしていた俺の努力を、どうしてくれる？」

「え？　は？　だって、水野さ……」

章太郎の顔が迫り、キスをされるのかと思って瞼を閉じると、予想に反して彼の唇は萌の鼻先に、頰に、そして耳へと移動した。

「お前が誘ったんだ。逃げるなよ」

「にっ、逃げるだなんて……」

「俺好みの〝女〟にしてやる。覚悟していろ」

カァッと体温が上がった。顔どころか耳までも熱くなり、その淵を章太郎の唇が食む。

ピクリと肩が震え身を縮めると、甘ったるい小さな笑い声が鼓膜をくすぐった。

恥ずかしくて横を向くが、それはかえって、吸い付き心地の良さそうな首筋を章太郎の前に晒《さら》す結果となる。

彼は首筋を唇でなぞりながら、手を後ろに回しファスナーの線に触れた。ドキリと萌の胸が大きく高鳴る。

自然と肩口に力が入ってしまう。緊張する萌に章太郎のチェックが入った。

「萌、……こらっ」

首の下に挿し込まれた章太郎の手が、萌のうなじをポンッと叩く。

「ほら、身体を少し浮かせろ」

「浮かせる……？」

「寝転がったままじゃ背中のファスナーが下せないだろう。こういう時は、脱がしやすいように身体の向きを変えるものだ」

「そ……、そうなんですか……？」

「それとも、ひっくり返されて無理やり剝ぎ取られたいか？」

萌は首を左右に振りながらわずかに首を持ち上げた。

「それで良い」

すぐに背中のファスナーのカギホックが外される。ファスナーを下げるのかと背を浮かせたが、章太郎は肩を押してアドバイスをくれた。

「少し身体を横にしろ。このままでも下げられるが、お前は髪が長いから、ファスナーに髪が絡まるかもしれない。痛いのは嫌だろう?」

身体の片側を浮かせると、ゆっくりとファスナーが下ろされる。そして同時に、ブラジャーのホックも外される。

「きゃっ!」

「何が『きゃっ』だ?」

「だ、だって、ブラジャーの……」

「着けたままが良いのか?」

「そうじゃないですけどっ……」

今度はエプロンの腰リボンをほどくと、章太郎は両手で肩口を摑み、エプロンとワンピースとブラジャーを一気に取り去った。

「きゃぁっ!」

驚きに肩を竦め、両腕を胸の前で交差させる。剝ぎ取った萌の衣服をソファの足元に落とし、スーツの上着を脱ぎながら章太郎は失笑した。

「また『きゃっ』か? 驚いてばかりだなお前」

「だってっ……、いきなり全部脱がされるとは……」

萌はこんな時、服は一枚一枚脱がされるものなのだと思い込んでいた。

ショーツとガーターストッキングだけという恥ずかしい姿で、胸を隠して身を捩る萌を鑑賞しながら、章太郎はゆっくりとネクタイを外しシャツを脱ぐ。

「一枚一枚、脱がせて欲しかったか？　楽しみながらじっくりも好きだが、今はそんな余裕を持てない。……ほら、腰を浮かせろ」

「は？　腰？」

〝余裕〟の意味も分からないまま、出された指示に従い腰を浮かせる。するりとショーツが下げられ、ストッキングごと足から抜かれた。

「きゃっ！」

「また『きゃっ』か……、それだから俺に余裕がなくなるんだ」

「余裕、って……、なんですかぁ……」

両手は胸を隠しているので外せない。咄嗟に足を交差させ、腰を捻って彼の視線から逃れようとした。

すると章太郎は、捻られた萌の腰を戻し、膝で太腿を押さえる。そして、彼女の両手首を頬の横で押さえ付けた。

「早くお前の全部が見たくて、お前の全部を感じたくて堪らなくなっているのに、一枚一枚脱がせている余裕なんか持てるはずがないだろう」

陽が射し込む明るい部屋の中。男性に裸の全身を見つめられているというのに、彼女の心には恥ずかしさとはまた違う感情が芽生えていた。

（もっと……、見て欲しい……。水野さんに……）

自分のスタイルや見栄えに自信があるわけではない。けれど萌は、恥ずかしいけれど、章太郎になら自分のすべてを見てもらっても良いと思えた。

「水野、さん……」

「ん？」

「あの、わたし、どうですか……？　水野さんが、……抱いてもいいって、思える身体……してますか……？」

訊いてしまってから、酷く恥ずかしくなった。自分は、ひょっとして、この場にそぐわないことを言ってしまったのではないだろうか

「水野さんは、たくさん、大人の女性を見てきているんだろうし……、水野さん好みの〝綺麗な身体〟っていう、基準があるんだろうし、……そう思うと、わたしは、そんな大人の身体ではないだろうから……、水野さんがガッカリしてるんじゃないかなって……」

メリハリがない身体ではないし、日焼けなどとも無縁なので肌も白い。子どもだと言って馬鹿にされるのが悔しくて「胸には自信がある！」と啖呵《たんか》を切ってはみたものの、自分の身体を他の女性と比べてみた経験もない萌は、果たして自分の身体に魅力はあるのだろ

うかと不安なのだ。

完璧に彼好みのプロポーションになることは不可能だろう。やっぱり子どもだなと、諦め半分に笑われるのではないか。不安になって、萌は視線を落とした。

そんな萌の顔を覗き込むようにして章太郎が言った。

「何、馬鹿なことを言っている？」

「……馬鹿、ですか……？」

「それは、完全な子どもの意見だぞ」

「……こっ、……子どもですから……どうせ……」

唇を重ねながら、手は彼女のボディラインをゆっくりとなぞり腰へ辿り着く。そして今度は、上へと撫で上げた。

「……ふっ……ぁンっ……」

ゾクゾクッと身体が震える。彼の両手はそのまま乳房を包み、柔らかく中央へ摑み寄せると、頂が自己主張を始めるまで指で擦り続けた。

「んっ……、んん……」

くすぐったいのか気持ちが良いのか分からない。萌は唇を吸われたまま喉で呻《うめ》く。

乳首がぷくっと立ち上がり章太郎の指が止まると、唇も離れた。

「萌、お前の身体は充分に綺麗だから、自信を持て」

彼はクスッと笑って掴んだ乳房に唇を寄せる。小さめの乳輪を舌でなぞり、くるくると円を描きながら、立ち上がった乳首を今度は押し潰す。舌先を動かされると、なんとも言えない疼きが下半身を襲った。

「んっ……、ぁっ、……水野、さっ……ぁ、やっ……やぁ」

「ほら、萌」

「はっ……、はい……」

「乳首立ってるぞ、気持ち良いんだな」

「そっ、そんなこと、教えてくれなくていいですよぉ……。恥ずかしいですっ……」

彼の舌が、大きな動きで小さな乳首を舐め上げ、もう片方を親指と人差し指で摘まみあげる。乳房へ集中して刺激を加えられ、萌は思わず章太郎の頭を両手で押さえてしまった。

「感じるだろう?」

「……はい……」

「そうやって感じて見せて、俺を興奮させているのに、どうして綺麗じゃない、って?」

萌は章太郎の言葉を、すぐには信じられない。目の前の彼は、いつも通り冷静な男に見える。本当に興奮しているのか分からないのだ。

「あの、本当に興奮などしてるんですか……?」

「凄く」

「水野さんはポーカーフェイスすぎて、……分かりません……」

章太郎は一瞬考え込むが、すぐに上半身を起こしてズボンのバックルを外した。

「じゃぁ、見るか？　ヴァージンだからと思って一応気を遣ったんだが」

「えっ……、みっ、みずのさっ、……あのっ……！」

「興奮しているか証拠が見たいんだろう？」

話をしながら、彼はファスナーを全開し、下着ごとズボンを下ろそうとする。萌は慌てて両手を振りながら横を向いた。

「いっ、いいです！　良いです!!　今は結構です！」

そのうちに見てしまうモノなのだとは思うが、今はまだ心の準備ができてはいない。しかし目を逸らす直前、下げたファスナーの間から下着の布が大きく張り詰めているのがチラリと見えてしまい、ますます戸惑う。

「だからな、萌……」

下げかかったズボンを直すことなく、章太郎は萌の顎を摑み、上を向かせて唇付ける。

「俺をこんなに興奮させるお前の身体は、……俺にとって最高に綺麗な身体なんだよ」

嬉しくて気持ちが高まり、萌は章太郎の背に腕を回して、きつく抱きついた。

もっと綺麗になりたい。誰かのためにそんなことを思うのは初めてだ。

しかし次の瞬間、萌は自分が気づいたことに、愕然とさせられる。

「あっ、でも、シャワー浴びてないし、〝キレイ〟な身体ではないかも……」

章太郎の唇がピタッと止まった。

(えっ？　わたし、何か変なこと言った!?)

思い出してみれば、彼はセックス前後のシャワーは必須であるようなことを言ってはいなかったか。

流れでこうなってしまったが、彼は元々頑固で潔癖症だ。やはり今夜、シャワーを浴びて身体を綺麗にしてから……と言い出すかもしれない。

だが、萌には予想外の言葉が章太郎の口から発せられた。

「なんだ、風呂に入りたいのか？　この部屋にもバスルームはあるぞ、使うか？」

「え……？　あるんですか？」

「ここでずっと仕事をしていることもあるから、バスルームは付いているんだ。なんなら一緒に入るか？」

「いいですっ！　結構です！　おっ、お風呂はパスでっ」

「遠慮するな。身体の隅々まで洗ってやる」

「あっ、洗うってっ!?」

どうやら、シャワーを使うには一緒に入るのが前提らしい。裸を見られているよりもっと恥ずかしいことになってしまいそうで、萌は章太郎の申し出を必死に断った。

「いいですってば、さっきのは冗談ですっ」

しかし、〝一緒にお風呂〟は酷く彼の興味を引いたようだ。今にも抱きかかえられてバスルームに連れて行かれそうな気配を察し、萌はままよとばかり彼に抱きついた。

「シャワー浴びている暇があったら、水野さんにいっぱい触られていたいんです！」

（わたしってば、なんて大胆なっ……！）

しかし今さら引くに引けない。「何を言っている」と笑われるかと思ったが、章太郎はきつく抱きついてくる萌の身体を撫でまわし始めた。

「よく言った。じゃぁ、もうやめてって泣くまで触ってやる」

「み、水野さん……」

「じゃぁ、〝終わってから〟一緒に入るか。洗ってやるよ、どうせお前、動けなくなるだろうし。触り放題だな」

「うっ……、動けますよ!!　……多分……」

ムキになる萌を見て、章太郎は笑い声をあげる。

――彼に抱かれた後、自分はどんなふうになっているんだろう……。そう考えると、萌の気持ちは体温の上昇と共に高まった。

章太郎は、外し忘れていたホワイトブリムを取り、彼女の髪をクシャッと摑んで指で梳き、ニヤリと笑う。

「洗ってやりたいから……動けなくしてやる……」

章太郎の手が萌の乳房を覆い、円を描くように大きく揉む。乳首を吸われると、萌はピクリと震えた。

「……あっ……」

彼の舌は飴玉のごとく乳首をしゃぶり、舐め上げては甘噛みを繰り返す。

片方の乳首を集中して刺激されると、もう片方も同じように愛撫して欲しいと感じる。だがそれを口に出せるはずもなく、萌は胸の辺りで動く章太郎の頭に両手を添え、彼の髪をキュッと握った。

「……水野さっ……あぁ……んっ……」

ずくんっと腰の奥が痺れる。歯痒い感覚に襲われ、内腿をもじもじ擦り合わせると秘部にぬるりっとした感触がある。すでに自覚できるほど感じてしまっている自分が恥ずかしくなった。

「んっ……ハァ……、アッ……」

吐息を漏らしながら片手で口を塞ぐ。章太郎の唇がもう片方の乳首へと移動して彼女が求めていた愛撫が施されると、今まで揉まれるだけだった乳房に大きな快感が走った。

「んっ……フぅ……、んんっ……」

首が反り呻き声があがる。焦れていた小さな突起は嬉しがって続きを求め、彼の口の中でさらに硬くなった。

「ん……、んん……っ」

萌の喘ぎが途切れ途切れになっていることを不審に思った章太郎は、乳首に吸い付いたまま視線を上げ、必死になって口を押さえている彼女の手を摑んだ。

「この手が邪魔だ。お前の声が聞こえない」

「あっ……ン……、ふぅんっ！」

手を外した瞬間、切ない喘ぎ声が漏れ、章太郎は満足げに笑って摑んだ彼女の手を自分の肩に置く。

「勝手なことをしないで、手は常に俺にあずけておけ、分かったな」

「は……ぁ、……はい……」

「それと、庭にいた時は『声を出すな』と言ったが、この書斎は防音だ。叫ぼうと喚こうと、廊下どころかテラスにも漏れない。安心して出せ」

萌が声を出さないように気を遣っていると思ったのだろう。章太郎は苦笑した。

「素直に感じたままを声にすればいい。声を出したほうが、感じるぞ」

「そう、なんですか……？」

「試してみるか？」

「何を……、あっ……！」

萌の返事を聞かないうちに、章太郎は揉み込んでいた乳房の頂を摘まみ、指で擦り合わせた。

「声……、我慢するなよ……」

「でも……、あの、恥ずかしぃ……」

乳房を嬲りながら、もう片方の手が足の付け根と薄い草原の境目にできる小さな隙間へ、
スルリと誘い込まれていく。

「あっ！」

ビクンッと萌が腰を震わせると同時に、中指が潜り込みクレバスへと沈む。内腿を濡ら
すほどに蜜をしたたらせた花芯は、強請《ねだ》るような熱さを持って彼の指を歓迎した。

「こんなに濡らして……、恥ずかしいも何もないだろう……、萌……」

「あ……あの……、あんっ……」

「ショーツ、脱いでおいて良かったな。もし穿いていたら、また替えなくてはならないと
ころだった」

「あっ……、やっ……水野さっ……あぁっ……」

「ほら、足を開け。もっと濡らしてやる」

力の抜けた膝を割って秘部を晒すと、章太郎は花芯の縦線を指で擦った。

「……ハァ……、あっ、ああ……やぁ、ンッ！」

愛液をまとって滑りやすくなった彼の指が、クリトリスから蜜口までを擦っていく。溢れた蜜がぐちゃりぐちゃりと音を立て、秘豆を弾かれるたびに萌は悶え喘いだ。

「あっ……！　やっ、やだ……あぁん……！」

「やだ、じゃなくて、……ほら、もっと声出してみろ」

「だって……、あっあぁ、恥ずかしい、で、す……、ああっ、やぁん！」

「恥ずかしくないだろう。かわいい声だぞ、もっと聞かせろ」

「あ、んっ……水野さん……、やぁあっ……！」

与えられる刺激のままに声を出しているつもりなのに、章太郎はまだ不満のようだ。

次の瞬間、彼の中指が、するりと蜜窟へ滑り込んだのである。

「あっ……！　みっ……みず……、ぅんっ！」

「……力を抜け。その方が感じる」

「……む、無理で……すぅ……ぁンっ……」

身体に異物を挿し込まれていることに、怖ささえ覚える。肌に触れられるのと未開の部分を探られるのとでは、気持ち的にだいぶ違う。

「水野さん……、怖い……」

蜜窟を広げるように指が回転する。怖くて腰を引くと、章太郎に太腿を押さえられ引き戻された。

萌のささやかな抵抗をものともせず、彼は親指でクリトリスを愛撫する。

「あっ、やっ……ん……」

蜜窟で動く指に慄《おのの》きながらも、啼き声をあげて感じる萌。章太郎は彼女の反応を確認しながら、摑んだままだった乳房を再び揉み出した。

「ぁ……ああっ……んっ」

「胸を触られると気持ち良いだろう？　指を挿れられるより、こっちの方が気持ち良いんじゃないか？」

「……はぃ……、あの……、んっ、あっ……」

「最初はそんなもんだ。お前も自分で触った経験くらいはあるだろうから、分かっているとは思うが」

「あっ……ありませんっ、……そんなっ……」

「本当に？　胸くらいは触った経験があるだろう？」

「そっ、そんな……ぁっ……」

乳首を捏ねられると腰の奥が疼く。蜜壺の中では、彼の指が抜き挿しを続けていた。

「み、水野、さ、ん……あっ、ぁんっ……んっ」

「ほら、萌、正直に言ってみろ」

何がなんでも白状させるつもりらしい。真実を引き出すために乳首を舌先でくすぐり、萌に歯痒さを与える。

「少し、すこしですぅ……アンッ、……どんな感じなんだろうって、……少し触ったことがあるだけで……あっ、あ……くすぐったいぃっ……」

「少しか……。どうせ、なんとなく気持ち良くなってきた辺りで、怖くなってやめてしまった、ってところだな」

クスクスと笑われて悔しいが、「見てたんですか？」と訊きたくなるぐらいの図星なので言葉が出ない。

「怖くなってやめるってのは、お子ちゃまの特徴だからな」

「水野さんっ」

「……そんなところがかわいいと思えるんだから、しょうがないな、俺も……」

乳首をついばみ刺激しながら、花芯に伸ばした手は休むことはない。中指は蜜窟を押し広げ、親指はクリトリスの周辺を擦り続けた。

「あっ……、ぅんっ！　んっ、あっ！」

秘豆自体を擦られ、刺激に背が反った。だが快感を覚え始めた萌の身体は、さらにその先の行為を求めている。

「あっ！　あ……、そこ……、あぁっ！　何か……ヘンっ……あああっ！」

痛いような、くすぐったいような、不思議な刺激だ。しかし間違いなく身体中が昂っていくのが萌には分かる。

「あああん……水野さ……、ソコ……あぁぁっ！」

「感じるだろ？　俺の指が滑ってしまいそうなほどベチャベチャだ……」

「あっ、ハァ……あっ、あ……いやぁ……、きもち、イイ……っ」

頭で考える前に、正直な気持ちが口を衝いて出た。恥ずかしいことを自ら告白して、萌は自分の言葉に昂ってしまう。

「気持ちイイ……水野さん……、んっ……」

「どこが感じるんだ？　どこが気持ちイイ？　全部俺に教えろ」

「……全部……、ぜんぶぅ……、ああっ！　わたしの、身体じゃ……ないみたい……」

章太郎に導かれると、なんでも言えてしまいそうだ。

指が蜜口を掻き混ぜ始める。蜜窟が押し広げられる刺激に、萌の声は引き攣った。

「あっ！　やっ、ヤぁ……ああっ！　水野さっ……！」

「イイ声だ。……身体もココも、だいぶ感じて柔らかくなっている……。頃合いだな」

心も身体も、章太郎の言葉と仕草にほぐされて、素直に快感を受け入れようとしている。

その上で萌の心に広がったのは、素直な感情だった。

――心も身体も、すべて、章太郎のものになりたい……。

「……水野さん……」

萌の呼びかけに、章太郎が顔を上げる。切なげに潤んだ瞳が彼を見つめると、彼女の気持ちを察したかのように指が抜かれた。

「萌……」

すぐに唇が重なる。萌は両腕を章太郎の肩から回し、彼に抱きついた。

キスを交わす間に、章太郎は最後の準備を整える。両腿を章太郎の膝に乗せられ彼の熱い滾《たぎ》りが蜜口にあたると、驚いた萌の身体が強張る。

「力を抜いていろ……。できるだけ」

「……は……はい……」

「萌、好きだ」

「……水野さん……」

「俺のものになれ……いいな」

「はい……あっ！」

甘い言葉にとろけそうになったが、蜜口が押し広げられる初めての経験と痛みに、萌は思わず腰を引いて大きく息を吸った。

Lesson 8☆幸せな痛み

「あっ……！　ハァ、やっ、あぁっ！」

萌が腰を引くと、その分、章太郎は詰めてくる。蜜口で痛みを与えた彼の滾りは、少しずつ中へ押し入っていった。

「アッ……あ……、水っ……、んっ！」

章太郎は萌の様子を探りながら腰を進める。ナカは溢れるくらいに潤い、躊躇うことなく彼を受け入れようとしているが、緊張した内腿に力が入り蜜口が硬いままなので、挿入されればされるほど痛みは増した。

（無理……、力を抜くなんて……、できない！）

痛みを堪えようと下唇を噛み過ぎたのか、血の味がジワリと舌先に広がる。章太郎は彼女の唇を吸って口を開かせると、左人差し指を差し入れた。

「ほら、痛いと思ったら俺の指を噛んで我慢しろ。だいぶ慣らしたから、そんなに長く続く痛みじゃないはずだ」

「れ……も……、ぁ、はふっ……んっ！」

口に指を入れられているせいで、言葉が上手く出ない。指を噛んで我慢をしろなど無茶な話だと思った瞬間、今まで以上にグイッと章太郎が入り込み、背が喉と共に反り返った。

「んっ……はっ、ふぁ……あっ……！」

強い痛みを感じ、萌はつい奥歯を噛み締めようとして彼の指を噛む。

「萌……、頑張れ……、お前のナカに、全部入ったぞ……」

体内を埋めつくされてしまったような圧迫感。章太郎の下半身が足の中央に密着しているのが分かった。

じわりじわりと挿入の快感が広がっていく。初めて体験する内側からの気持ち良さ。それなのに、押し広げられた蜜口の痛みが邪魔をして彼を感じきることができない。

痛みに負けそうになる自分が口惜しい。つい奥歯を噛み締めようとしてしまい、ハッとして舌で指を押し出そうとした。

「どうした……？」

「指……、らめ……ごめん、なさ……ぃ」

なるべく指を噛まぬよう声を出す。口の中には血の味が広がっている。どうやら顎に力を入れたせいで、章太郎の指までも強く噛み出血させてしまったらしい。

「痛い、れしょ……？　ごめんなさ……」

事情を察した章太郎は、ふっと微笑み、萌の瞼に唇を落とした。

「いいから……、痛かったら、俺の指を噛んでいろ」

「……れも……」

「痛いのはお前だ。俺のために耐えてくれているその痛み、半分、俺によこせばいい」

ゆっくりと腰を引き、再び突き上げる。慣らすようにゆっくりと繰り返される抽送は、萌の蜜窟に痺れを与え、蜜口には擦れる痛みを与えた。

「ハ……ぁ……、あっ！　ふぅっ……！」

「痛くないと感じるようになるまで噛んでいて良い。……お前の痛みを、俺も貰う……」

（水野さん……）

血の味が滲む章太郎の指を咥えたまま、萌は涙が出そうになった。

初体験が痛みを伴うものだと、話には聞いていた。『痛いのは女だけで、男は気持ちイイだけだもん、ずるいよね』などと話す友達の体験談を、興味を持って聞いていたこともある。

けれど、これでは話が違う。

萌だけが痛いのではない。

章太郎も、一緒に萌の痛みを感じてくれている。

彼のために受け入れた痛みだから、「一緒に」と――。

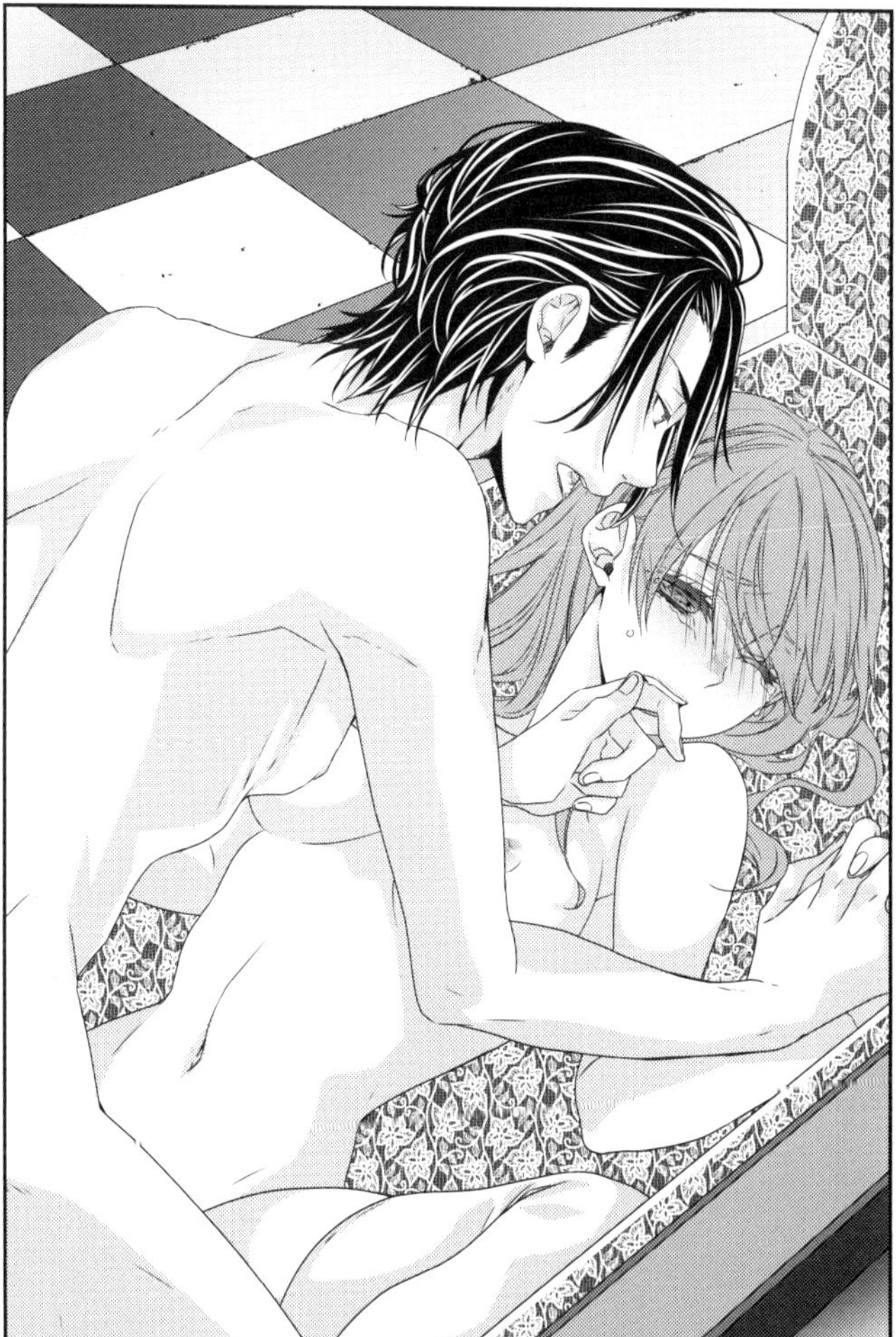

（水野さん……好き……）

男性を愛おしいというのは、こんな気持ちになることなのだと、萌は心から実感した。

「水野さん、ん……」

瞼をしっかりと開いて章太郎を見る。指が口から離れると、萌はその手を取り、頬擦りをして章太郎を見つめた。

「キスして……ください……。もっと、水野さんのものにして……」

唇が吸い付き舌が絡まるのと同時に、章太郎は萌の身体をきつく抱く。今までのゆっくりとした抽送が、リズミカルなものに変わり始めた。

「んっ……ん……ハァ……」

突き上げられるたびに身体は揺さぶられ、それに合わせて呻き声があがる。二人は、くちゅくちゅと音を立てて互いの唇を吸い合った。

上の口と下の口の快感は連動しているんだと、章太郎が言った言葉の意味が分かったような気がする。

キスが激しくなればなるほど下半身は疼き、彼の動きが激しくなればなるほど唇への刺激も強くなる。

そんな新しい快感を得て、萌は次第に痛みを忘れていった。

「あっ……、ハァ、あっ……あっ、ん！」

唇が離れ、淫らな声が発せられる。自然と出てしまう自分の声が恥ずかしいが、萌に口を塞ぐ余裕はない。

「水の……さっ、あぁん……」

「痛みは、どうだ……？」

「……もぅ……、もぅ、分かんな……あぁっ！」

足の間から挿し入れられた異物が身体の中を擦り上げていく。深く突き上げられると頭まで痺れが走った。

そんな彼女を満足げに眺めながら、章太郎は上半身をゆっくりと起こし、喘ぐ唇を指先で撫でる。

「イイ声だ。もっと啼いてみろ」

萌の片足を大きく上げ、章太郎はそこに唇を這わせる。膝の裏に吸い付かれると、刺激がじわりと広がって萌の足を引き攣らせた。

「あっ……、はぁ、あっ、水野さ……ん……」

足にキスされて感じている自分を、萌は不思議に思った。さらにそのまま強く彼の滾りに突き上げられ、背を反らして嬌声《きょうせい》をあげる。

「あぁっ！　……んっ、ぁんっ！」

浮いた腰の下で両手がソファを掻き、彼の動きに合わせて身体が揺さぶられる。揺れ動く乳房を章太郎の手が鷲づかみにし、揉みしだく。

章太郎は、何度もキスを落とした萌の片足をソファの背にひっかける。大きく足を開かれてしまった状態に恥ずかしくなった萌の花芯が、キュッと収縮した。

「どうした？　そんなに締め付けるな。このまま明日の朝まで抱いていたくなるだろう」

「じゃぁ、抱いていて、くださ……ぃ……、んっ、ん……」

痛みの後には、快感が沸々と身体中を侵食し始めた。これがどこまで高まるものなのか、興味はあるが、怖くもある。

だが何より、章太郎に抱かれているという事実に萌は幸せを感じる。朝までも彼に抱かれていたい、それは彼女の本心だった。

「水野さんに、ずっと触られていたい……」

儚《はかな》げな哀願は、さらに章太郎を煽る。萌を貫くリズムが早くなり、彼はもう片方の乳房もその手の中に収めた。

「あっ……んっ、んっん……、水野さぁん……」

「煽るな、馬鹿者。残念だが、朝まで抱いているのは無理だな」

「ぁ……ハァ……、あぁ……、水野さんと、一緒に、いたいんです……」

「朝まで傍に置いたら、……夢中になって壊してしまいそうだ……」

章太郎の背に腕を回して抱きつき、彼の唇を受け入れる。昂りのままに求め合うキスは、今までで一番情熱的だ。

　キスに夢中になっていると刺し貫かれる下半身の快感も強くなってくる。章太郎と繋がっているのだという事実を深く感じて、萌は嬉しかった。

「水野さん……、好き……」

　しがみついてくる萌の反応を見ながら、章太郎は抽送に変化をつける。緊張はだいぶ抜けたようだが、初めて男を受け入れる身体は、女の柔らかさが感じられない。

「まだ、壊すわけにはいかないだろう？　萌には、教えなくてはならないことがたくさんあるんだ……」

「水野さん……」

「抱かれ方も、感じかたも、全部俺が教えてやる」

「もぅ……、『お子ちゃま』って、言われなくなりますか……？」

「〝オトナの〟女にしてやるよ……。お前は、俺のものだからな……」

　かわいい皮肉を口にする萌に微笑みかけ、章太郎の動きはより早くなる。膣壁を擦り上げられることに萌の身体が柔軟な動きを見せ始めると、彼の手が腰をなぞり、花芯へと落ちていった。

「ひゃぁんっ！」

　我ながらおかしな声が出てしまったと、萌は思う。だが、わざとではない。咄嗟に出てしまったのだからしょうがない。

「みっ、みず……」

「ん？　なんだ？　どうした、萌？」

「あっ……、あの……、あのぉっ……、あっ、ふぅ……ん……」

言おうとした矢先に、堪え切れず艶声が漏れてしまう。そんな萌を見て、章太郎は嬉しそうに彼女の唇をついばんだ。

「いいぞ、萌。素直に感じて、本当に良い感じだ」

「あ、あのっ……、あんっ、そこ、あっ……、ダメ……そっ……、そんなトコぉ、……触らないでぇくださぁぁっ……あっ……、ああっ！」

花芯へ達した章太郎の指は、頭を見え隠れさせるクリトリスの上部を指で圧し始める。

「やっ、アッ……、ハァ、んっ……、やめっ、だめぇっ……、水野さっ……ぁあっ！」

「どうした？　ココは気持ち良くないか？　そんなはずはないだろう」

「……そうじゃ、なくて……あああっ！」

声を震わせる萌を見て、章太郎はクスリと笑う。

「慣れないうちは、先を弄っても刺激が強すぎて辛いだけだ。陰核を擦ってやったほうが感じるだろう？」

「いっ、いんかくっ……？」

陰核と言われてもよくは分からないが、言葉のイメージから秘部の器官に関する言葉なのだろうという見当はついた。

「あ……あっ！　やっ、やぁ……あぁっ！」

章太郎の滾りで擦られる圧迫感に加えて、指で陰核を圧される快感も下半身を支配し始める。それと同時に、生理的欲求の解放願望が湧き上がってきた。

なぜか尿意に似た感覚を覚える。腰に溜まるこの重みを、解放したくて堪らない。

「クリトリス、つまり陰核は、女が自慰行為でよく使う場所だ。男で言うならペニスと同じくらいの快感が得られる場所だからな。擦られると気持ち良いだろう？」

「ぺ……ぺニ……っ」

彼が何気なく出す言葉も、萌には恥ずかしくて堪らない。だが、そんな気持ちを知ってか知らずか、章太郎は律動しながら彼女に教育を施していく。

「萌はヴァージンだったから、挿入の刺激でオーガズムまでいくのは難しいだろう。しかし、陰核を刺激して快感をもらえば、俺も気持ち良いがお前も気持ち良くなれる」

「……水野さん……」

「だから素直に感じていろ。……俺もお前と一緒に、気持ち良くなりたいんだ」

章太郎の言葉に、全身がぞくりと粟立《あわだ》つ。

言葉に感じる、というのは、こういうことなのかもしれない。

男に抱かれるのは初めてである萌。男の受け入れかたも感じかたも分からない彼女と、一緒に感じたいという章太郎の望み。

(水野さん……、優しい……)

貫かれ揺れる身体。彼に突き上げられる感覚が、夢心地でとても気持ち良い。

彼に、この身体のすべてを支配して欲しいとまで思えてしまう……。

陶酔するような幸せを感じてはいるが、萌にはどうしても言わなくてはならないことがある。どう考えても、この生理現象だけは止められそうにないからだ。

「あ……、あの、水野さっ……、でも、ソコ……、ダメですぅ……んっ……」

「なぜだ?」

「でっ、出ちゃいそう……なんですっ……、ソコ、触られていたらぁっ……」

意味が通じたのか通じないのか、章太郎の指は止まらない。萌は首を左右に振って、ソファの背にかけられた足を引き攣らせた。

「ダメッ……ダメぇっ、あぁぁんっ!」

「失禁しそうだ、って言うんだろ?」

「……水野さぁん……分かってるなら……」

「大丈夫だ。そのまま感じていろ。もう駄目だってところで力を抜け」

「えええっ……!」

萌は驚きの声をあげてしまう。それはつまり、失禁してしまえということか。

「そっ、そんなの、嫌ですぅぅ……」

章太郎の指示に萌は戸惑うが、彼は律動を速めると共に、指の刺激も強めた。

「ああっ、ダメぇっ……！」

「萌、快感に慣れていないうちは、オーガズムを迎える時に尿意と似た限界感を覚えるものだ。――分かるか、萌、お前の身体は今、『イク』って言う状態を覚えようとしているんだ」

萌は驚いて目を見開き吐息を震わせた。

これが俗に言う、絶頂感というものの前触れなのか。

我慢したくても我慢しきれない。解放して欲しいが、失禁してしまったらと思うと、怖くて恥ずかしい。

――でもどこか、期待に満ちた、未知の感覚……。

「水野……さっ、……ああっ、あっ……」

「だから素直に感じていろと言っている。お前が気持ち好くイってくれなかったら、俺だってイけないだろう」

微かに眉を寄せた章太郎に、萌はドキリとした。

章太郎は一気に最後までいってしまいたいが、萌が怖がって快感に身を任せようとしないため、イけないまま耐えていたのではないだろうか。

精の解放を我慢しなければいけない男としての辛さを、彼から感じたのだ。

「ぁハァ……水野さん、……素直に、感じる……からぁ……」

萌は震える声で章太郎を見つめる。高まる不安、期待感と解放感が合わさって、自分の身体がどうにかなってしまいそうだ。

「でも……怖い、んです……」

不安をそのまま口にして手を伸ばすと、章太郎は彼女の腕を自分の肩に回して抱きつかせた。

「抱きついていろ」

「水野さ……」

「怖いならしがみつけ。お前が快感を爆発させた瞬間を、俺に感じさせろ」

「あっ……、水……っ、あぁっ……！」

抱きついたまま背が反り返る。頼る人がいるという安心感の中で、萌はこの下半身の重みを解放しようと、腰の力を抜いていった。

「水野さぁんっ……、あっあ……、あっ！　ダメッ……で、るっ、あんっ！」

萌の性感帯を擦りながら、章太郎はクスリと笑った。

「出る、じゃなくて、『イク』だぞ、萌」

「あああっ……んっ！　もっ……ダメぇっ……！」

力強く章太郎に抱きつき腰の力を抜くが、萌の両足は逆に引き攣っていく。

滑り落ちるような解放感が下半身から全身を包む。酷い羞恥を覚えるのと共に、自分の身体が高い場所から落下していくような不思議な感覚に襲われた。

「あっ……、あああっ、……やぁ……んっ……！」

嬌声が大きく糸を引く。

いつの間にか章太郎の指は離れ、彼は数回大きく腰を打ちつけてから深い所で止まり、萌を強く抱きしめた。

「……萌……、偉いぞ……」

褒め言葉をもらったが、萌には礼を口にする気力も、彼の言葉を嬉しいと思える感情も、すぐには戻ってこなかった。

ふわりふわりとした真綿の上を、真っ白な思考のまま漂っているかのような感覚。自分の身体が空気にでもなってしまったかのようだ。

恍惚《こうこつ》感の中に彼女は投げ込まれ、なかなか抜け出すことができない。

大きな吐息と共に、しがみついていた腕がスルリと解ける。抱きつく力さえも維持し続けることができない、そんな彼女の身体から、ズルリとした重い感触と共に、彼自身が抜け出ていく。

「萌……」

萌がとろけそうな身体を震わせていると、章太郎は腕の力を解き、萌を見つめてキスをする。舌を絡めなぞられて、彼女は少しずつ現実へ引き戻されていった。

「水野……さん……」

ゆっくりと唇が離れると、目の前には章太郎がいる。少し髪を乱し、満足感に微笑み、愛しげな眼差しを萌に向けている彼は、最初に見た頃の彼とは別人のようだ。

最初はただ、嫌な上司でしかなかったのに。

今は、とても愛しい人に変わっている。

「好き、です……」

「萌……」

「好き……」

脱力して動かなかったはずの腕が、彼を求めて空をさまよう。章太郎の背に両手が回ると、彼は柔らかなキスを萌に落とした。

「萌、好きだ……」

幸せを感じさせてくれる、言葉と共に……。


――その後しばらく、章太郎は萌を腕に抱いていた。

初めての体験、快感に翻弄《ほんろう》されて動けなくなってしまった萌。そんな彼女を抱きしめ、頭を撫でて、何度も柔らかく濡れた唇をついばんだ。

(仕事に戻らなくて……、大丈夫かな)

そんな無粋な心配が胸をよぎったが、章太郎も萌も、あえて口にはしない。

ふたりとも、互いを感じることに精一杯だ。

ぬくもりを感じ合い動けるようになるどころか、章太郎の温かさに溶かされそうになっていく。そんな萌に、彼の囁きは落とされた。

「萌、バスルームに行くか。洗ってやる」

「へっ?」

彼は今、とんでもないことを言った。

「いっ……、一緒にぃぃ!?」

「なんだ、そんなに驚くな。反応がかわいいぞ」

「そ、そんなぁ、……そうですか? ……じゃなくて、おっ、お風呂って!」

萌は慌てるが章太郎はケロリとしている。

「綺麗にしてから部屋を出たほうが良いだろう? それとも、足の間をこんなにしたまま服を着る気か?」

章太郎の指先が太腿をなぞる。両足は閉じられているが、愛液の名残で滑りが良くなっているため、彼の指はスルリと秘部へ滑り込んだ。

「あっ……、やんっ……」

「こんなにトロトロなんだから、洗いたいだろう？　俺が綺麗にしてやる」

（それが恥ずかしいんですってば！）

今まで散々裸を見られ、身体中をまさぐられ快感に喘がされた後ではあるが、一緒に入浴するとなれば話は別だ。

セックスをするという行為と、一緒に入浴をするという行為は、裸でするという共通点があってもまったく別であるように思える。

正直なところ、身体に沁みついた章太郎の感触を洗い流してしまうのはもったいない気がするのだが、足の間に残るぬめりは洗い流したかった。

と、萌はあることを思い出し、両手で腰を押さえる。こっそりとお尻の下に手を移動させ、指で腿と尻の境界線を探った。

「何をしているんだ、萌？　自分で触っているのか？」

「ちっ、ちがいますっ……、あの、出てないかな……って……」

「失禁ならしていないぞ。イク前も言ったが、あの尿意はオーガズムの前兆で……」

「そうじゃなくてっ、血ぃっ!!」

言ってしまってから慌てて唇を結ぶ。だが章太郎はすぐにその意味に気づき、萌の両足を持ち上げて左右に開いた。

「きゃっ！　なんですかっ」

「んー、……安心しろ。お前の場合は挿入前にかなり指で慣らしたからな。出血はしていないようだ。その分愛液にまみれてはいるが」

「え？　血……、出てないんですか？」

足を閉じることも忘れ、萌は頭を浮かせてきょとんとした顔で章太郎を見つめた。

破瓜の証と言えば、出血と決まっている。

（まさか知らないうちに、ヴァージンではなくなっていたとか……）

そんなおかしな思考が頭をよぎる。しかし章太郎が挿入してきた時は確かに痛かった。

深刻に考え込んでいると、晒されたままの花芯を章太郎の指が縦になぞった。

「きゃっ！」

「あのな、処女だったからと言って必ずしも出血するわけじゃない。大量出血がある女もいれば、少量で済む女もいる。ときには出血しない場合もある」

「……そ……、そうなんですか……？」

「お前まさか、処女膜っていうものは、本当に厚い膜が膣の入口を覆っているとか小学生レベルの考えを持っているわけじゃあるまいな。あれは単なる粘膜の襞《ひだ》だ。女によって形状も違うから、初めてのセックスで感じる痛み方も違う。……常識だろう」

萌は笑って誤魔化す。彼が言う、ほぼ小学生レベルに近いことを考えていたからだ。

「それにしたって……、水野さん、詳しすぎです……」

「そうか？　常識的な知識の範囲内だろう？」

「……範囲が広すぎますよ……」

博識と言うべきか雑学と言うべきか。つい笑いも引き攣ってしまうが、痛みの話から萌はあることを思い出した。

「そうだ、水野さん、指は大丈夫ですか？」

初めての痛みに身体が固まってしまい、嚙んでしまった彼の指。傷を負っているのではないかと、急に心配になってしまった。

「萌は、もう痛くないだろう？」

開いていた足を閉じさせ、章太郎が問いかける。「はい」と返事をすると、彼は口元をほころばせた。

「お前が痛くないのなら、俺も痛くないさ」

キュッと胸が締め付けられる。やっと火照りも落ち着いてきたはずの身体が、再びほわりと熱くなった。

「水野さん……」

身体だけではなく、気持ちまで温かくなる。はにかむ彼女を見つめ、章太郎はソファから下りて萌を抱き上げた。もちろん、お姫様抱っこだ。

「きゃっ！」

「まったく……何回『きゃっ』って言うんだ」

「だって……、いきなりっ」

「ほら、バスルームに行くぞ。早く萌を洗ってやりたくてウズウズしているんだからな」

「ウッ、ウズウズ、って……、いっ、いいですっ、自分で洗えます……」

「力が抜けて動けないのにか？」

「し、しばらく湯船にでも浸かれば……」

「それくらいなら、俺がさっさと洗ってやる。その後ふたりでゆっくり湯に浸かろう。ただ、洗う時には身体中を触らなきゃならない。またソノ気になったら許せ」

「水野さんっ」

両腕を胸で交差させ慌てる萌に、章太郎は笑いながらキスを落とす。

「……これでも、……萌が初めてだったから、気を遣ってやってるんだ。……でも、今度は遠慮しないからな」

頬の赤みが消えていきそうだ。彼の「遠慮をしない」はどれほどのものなのだろう。

「洗いながら、今日お前が何回『きゃっ』って言ったか数えてやる」

「そんなに言ってません。一回か二回ですよ」

「いいや。三回以上は言った」

「言ってませんってば」

「よし、じゃあ、数えてみて三回以上言っていたら言うことを聞け」

「こっ、これ以上、なにを聞けとっ」

いつも萌が言うことを聞かされている側だ。あり得ない条件に笑い声をあげ、ふたりはバスルームへと向かった。

書斎に付属しているバスルームなのだから、そんなに大きなものではないだろうと萌は思っていた。

いいとこ少々大きめのユニットバス。またはそこにひとり用の洗い場があるくらいではないのか。

そんな場所に章太郎とふたりで入る。狭さも相まって、終始身体は密着したままなのではないだろうか。

想像すると口元が緩んでしまう。萌はにやけそうになる顔を見られないよう、下を向いた。

「湯が溜まるまでの間に洗ってやる。ちょっと座っていろ」

考え事をしている間にバスルームへと入ったらしい。ほんわりと温かみを感じる床に下ろされ、そこにぺたりと座ったまま章太郎の姿を追う。彼は背後でバスタブにお湯を入れ始めているところだった。

　バスタブは思ったよりも大きい。それだけではない、洗い場も大人ふたりが余裕で使用できる大きさである上、内装も落ち着いて気品があり立派だ。萌はきょろきょろと忙しなく見回してしまった。

（考えが甘かった……）

　侮ってはいけない。いくら書斎付属とはいえ、ここは大財閥の屋敷。メイド専用の控え室やパウダールームだってあれだけ立派な造りなのだから、執事専用の書斎に手抜かりがあるはずがない。

「なにをヘコんだ顔してるんだ？」

　いきなり頭からシャワーのお湯が降り注ぐ。驚いた萌は背筋を伸ばし、思わず「きゃぁっ！」と声をあげてしまった。

「おっ、『きゃぁっ』って言ったな」

「いっ、今のはナシですよっ。カウントしちゃ駄目で……って言うか、上からかけないでくださいぃっ！」

　章太郎は面白がって上からシャワーをかけてくる。手を顔の前にかざし、萌は身体を捻って抵抗した。

「きょろきょろしてたってことは、どうせ書斎の風呂にしては大きいとか、そんなことで驚いていたんだろう？　分かりやすいな、お前。バスタブも広いぞ。萌ならバタ足で遊べるかもしれない」

「こっ、子どもですかっ」

「お子ちゃま、だろう？」

章太郎の冷やかしに、ムッと口をへの字に曲げる。お湯を止めてシャワーヘッドを床に置いた彼は、くすくす笑いながら萌の前に膝を付いた。

「そんな顔をするな。かわい過ぎる」

濡れた髪を掻き上げ、額にキスをされる。怒ってもかわいいと言われているようで、萌は照れてしまった。

「今洗ってやるからな」

そんな彼女を見ていて楽しいらしく、章太郎はご機嫌でボディソープをスポンジに取る。泡立てたのでそれで洗ってくれるのかと思いきや、彼はスポンジを床に置き、代わりに自分の手に取った泡で萌の身体を撫で始めた。

腕を取られ、肩から指先、肘の裏へと章太郎の手が動く。萌の腕が細いせいもあって、ひと往復で泡は広がった。

「さて、『きゃぁ』の数でも数えるか」

「え？　本当に数えるんですか？」

「数える。三回以上言っていたら、言うことを聞く約束だ」

「今さら〝言うこと〟って……」

まさか本当にやろうとするとは。章太郎はスポンジから泡を取り、萌の脇から両腕を回して背中を洗い始めた。

「まずは、ここのホックを外した時」

背中の中央をつつかれてから、グッと引き寄せられ彼の胸に密着する。そういえば、ブラジャーのホックを外される時に『きゃぁ』っと口にしてしまった覚えがある。

(に……二回くらいは言ったかな?)

あの時は服を脱がされる行為に戸惑うばかりで、正直あまりよく覚えていない。

背中を撫でていた手が、脇から前へ戻る。膨らみの上から円を描くように下胸に回り、乳房を持ち上げながら軽く摑んだ。

「んっ……」

「それと、一気に服を脱がせた時」

「み……水野さん……、くすぐったい……」

「俺は洗っているだけだ」

泡のせいもあって手がよく滑る。彼の両手は何度も何度も膨らみを撫でて洗う。

……洗っている。というよりは、撫でまわしているとしか思えない。

胸をさわさわと触られ続けていると、おかしな気分になる。つるりと滑る不思議な感触は、くすぐったいような気持ち良いような、なんとも言い難い。萌は震えてしまいそうな吐息を耐えるために、グッと唇を結んだ。

「なに感じてるんだ」

「く……くすぐったいだけです……」

「乳首硬くなってるけど？」

章太郎が手のひらで両乳房の頂をくるくると回す。なめらかに乳首が擦られ、萌は「んーっ」と喉を鳴らして身体を震わせた。

「感じてる、感じてる」

「水野さん〜」

恨みがましい声を出すも、胸くらいで慌てている場合ではない。彼の手はとうとう腰を撫で太腿へと下りてきた。

バスルームへやってきた目的は、本来は足の間を洗うというもの。この雰囲気でいくと、なんとなく違うこともされてしまいそうな予感がする。

「水野さん、やっぱりわたし、自分で洗いますよ」

「駄目だ」

「なんでですか」

「三回以上『きゃぁ』って言ってるから、俺の勝ち。だから、洗わせろ」

「嘘ですっ。今まで言ってるのは二回ですよ」

「だと思うのか？」

章太郎の口角が不敵に上がる。なんだろうかと息を飲むと、彼も床に座り、胡坐《あぐら》をかいた足の中央に座らされた。

「わっ、水野さ……」

「このほうが洗いやすい」

こんな体勢を取ると、幼い頃、同じように祖父の胡坐の中に座った記憶がよみがえる。話をしたり、本を読んでもらったり。温かくて大きな膝が、萌は大好きだった。

あの時はただ祖父に抱っこしてもらっているという嬉しさしかなかったが、今はまた違った嬉しさと照れくささを感じた。

腿から膝へと滑らせていた手が、なぜか洗い終えているはずの乳房へと上がってくる。つるりとひと撫でし、腹部を撫でて、また膨らみを持ち上げやわやわと揉む。

なんとなく、その手つきが楽しそうだ。人の身体で遊ばないでくださいとでも言ってやろうかと思ったが、気持ち良いのでなんとも言いにくい。

「萌を触っていると楽しいな。凄く嬉しくなってくる」

おまけにこんなことを言われてしまっては、余計に注意しにくい。

「お前は嘘つき呼ばわりしたが、三回目の『きゃぁ』はな……」

「あっ、お風呂に連れてきてもらう時の、ですよね？」

「はずれ。それは四回目だ」

それしか思い付かない。これが四回目なら、三回目はいつあげてしまった声なのだろう。

「ここから、最後の一枚を取って裸にした時だ」

章太郎の手が腰から前へ落ち、薄い茂みにかかる。両手で内腿をまさぐりながら、足の間隔を広げていった。

「腿までぬるぬるしてる。お前、本当にこれを自分で洗おうと思ったのか？」

「洗えますよ、このくらい」

「自分で触りながら洗うんだぞ？『ココにあんなおっきいモノを挿れちゃったんだぁ』とか、ひとりで恥ずかしくなって洗えないぞ。きっと」

「自分で、おっきいとか、言わないでくださいよぉ、もうっ」

ムキにはなるが、章太郎が楽しそうに笑いながら言うので、萌もつられてアハハと笑ってしまう。

考えてみれば、章太郎が言う通り、ひとりでは恥ずかしくなってなかなか洗えなかったかもしれない。

再びスポンジから多めの泡を取った章太郎の手が、秘部にあてがわれる。彼は指先を使ってそっと花芯を洗ってくれた。

「感じるなよ。せっかく洗ってるんだから」

「努力します」

とはいえ、泡の柔らかさにまぎれて指先がやんわりと蠢《うごめ》く感触は、なんともいえない。

ついつい気持ち良くなってしまう。

「感じるなと言っているだろうがっ」

「ごめんなさいぃっ」

さっきから彼に身体を撫でまわされていることもあって、もしかしたら新たな泥濘《ぬかるみ》を作ってしまっているのではないだろうか。

自分でそう思ってしまうほど、章太郎の指先が気持ち良い。

「反応が良いのは喜ばしいが、本当に俺が〝ソノ気〟になってしまってもいいのか？」

「えっ？　水野さっ……」

慌てて肩越しに振り向くと、そこに意地悪く笑う章太郎がいた。

「もっ、もうっ、そうやってからかう」

「こんな言葉で慌てて。萌はかわいいな。でも、なりそうなのは嘘じゃないぞ」

今いる場所を考えても、ドキリとしてしまう発言だ。

（お風呂で……とか。わたし、ヴァージンじゃなくなったばかりで、そんな大胆なっ）

心の中で動揺しまくる萌をよそに、章太郎は床に転がしてあったシャワーヘッドを手に取りコックを捻る。手で萌の身体を撫でながら泡を落としていった。

「ここはちょっと念入りに洗うからな」

シャワーが下半身に当てられる。泡の他に愛液のぬめりを取ろうとしているのか、彼の指は花芯を丁寧になぞった。

身体を洗ってもらうという行為は、こんなに気持ちの好いものだっただろうか……。

（水野さんだから、気持ち良いんだろうな……）

そう考えると、シャワーのお湯以外の理由で身体が火照りのぼせてしまいそうだ。

思わず頭を広い胸に寄りかけてしまう。彼がクスリと笑ったかと思うと、次の瞬間シャワーが止まり萌は章太郎の腕に包まれた。

「湯船で、もっとくっつこうか。萌」

「はい……」

このまま肌を離したくない気分だが、移動するために腰を浮かせる。しかし、章太郎の方が先に萌を姫抱きにして立ち上がった。

「動くな。お前を離したくない」

今度は彼の言葉にのぼせてしまいそうだ。萌が離れたくないと思ったように、章太郎も萌を離したくないと思ってくれたのが嬉しい。

抱かれたまま、一緒に温かな湯の中に沈む。彼の膝にそのまま横向きで下ろされ、腰を落ち着けた。

（気持ち良い……）

お湯の温かさもそうだが、なんといっても章太郎の腕を感じられていることが嬉しくて気持ち良さも倍増だ。

自然と顔の筋肉も緩む。しかし萌の幸せ気分は、とあるモノを感じた瞬間にハッと固まった。

座らされた彼の腰に硬いものを感じる……。

これはもしや、章太郎が言う『ソノ気になった』証拠ではないのか。

「あ……あの……、水野さん……」

「ん？」

「言うことを聞け、って言ってましたけど……。あの……、もしかして、もう一回……ってことですか？」

「は？」

怖々と尋ねる萌の様子に、章太郎は眉を寄せる。

しかし彼女が腰に感じる塊から逃げるように座る位置をずらしたことで、訊きたいことの意味を悟ったようだ。

章太郎はふっと微笑むと、萌の腰と頭を抱き寄せた。

「心配するな。こうしてお前とゆっくり湯に浸かりたいだけだ」

「ほ……本当ですか……？」

「当たり前だ。ヴァージンじゃなくなった直後の萌に二回戦を強いるほど、俺は鬼畜じゃないぞ」

……じんっと、胸が熱くなる。

顔を向けると、愛しげな視線が萌を見つめていた。

「かわいいものは、大事にしたいものだろう？」

「水野さん……」

萌は腕を伸ばし、章太郎に抱きつく。そして、チュッと自分からキスをした。

「大好きです……」

嬉しさと愛しさが混じった、なんとも言えない感情が湧き上がってくる。

章太郎が萌を抱きしめ、耳元に柔らかな囁きを落とした。

「好きだよ……萌」

――この人に、抱かれて良かった……。

萌は、涙が出そうなほど胸を締め付けられながら、そう思わずにはいられなかった。

Lesson 9☆ふたりと執事の問題

「……〝前略、お爺様〟……」

暈し桜の一筆箋を目の前に、萌はポツリと呟き一点を見つめる。

手にしていた万年筆を脇へ置き、腕を組んで眉を寄せ、ピンク色の桜を睨んだ。

「……なんて書こう」

思えば昨日も、祖父に手紙を書こうとして悩み、結局は書けないままだった。だが今夜こそ書かなければならない。そうしないと間もなく婚約者が戻ってきて、問題が大きくなる。言葉が見つからないからといって、躊躇しているわけにはいかないのだ。

「……急がなくちゃならないのに」

そろそろ日付が変わる時間だ。

一筆箋を前に、萌はもう一時間以上悩んでいるような気がして、重い息を吐いた。

離れの二階には萌がひとり。そのせいなのか、それともこんな時間であるせいなのか、窓の外で揺れる木々の音が聞こえてきそうなほどの静けさを感じる。

萌は段々とイライラしてきた。

自分のことであるのに、ハッキリと言えないこの思い切りの悪さが歯痒くて堪らない。組んでいた腕を解き、バンッと手のひらをデスクに叩きつける。

「あぁっ！　もぅ、上手く書けないよぉ！」

「何がだ？」

「きゃぁぁっ！」

いきなり横から顔が現れた。

たとえそれが好きな人の顔であろうと、突然現れたのでは、誰でも驚くというものだ。

「また『きゃぁ』か？」

背後に立っていたのは章太郎だった。驚きのあまり表情が固まり目を見開いてデスクに張り付いてしまった彼女を、楽しそうに眺めている。

（部屋に鍵かけてたのに、どうして!?）

動揺のあまり声も出ないが、萌の心には徐々に違う思いが満ち始める。

その原因は、なんと言っても章太郎が私服であったからだ。

珍しい細身のチノパン、七分袖の白い開襟シャツ。昼間の彼とはまったく別人に見えてしまうが、スーツ姿ではなくともだらしない印象はない。立ち姿の良さは、カジュアルでも充分品の良さを感じた。

仕事を終えてシャワーでも浴びてきたのかもしれない。流れる前髪が少し湿っている。その様相にまた、色気を感じてしまう。

（水野さん……、カッコいい……）

なぜ彼がここにいるのかという疑問も忘れ、ついつい見惚れる。

座ったままボーっと彼を仰ぐ萌に顔を近づけて、章太郎はニヤリと笑った。

「何だ？　見惚れているのか？」

「どこから来るんですかっ、その自信は」

「自分の女に見惚れられてるって、自信が持てなくなったら最後だろう？」

「だって、水野さんって、いっつもスーツを着てるイメージだから……」

「おい、どれだけ俺に仕事をさせたいんだ」

「でも、私服もカッコいいです。見惚れちゃいました」

素直に見惚れていたことを認めると、彼女の態度が気に入ったのか唇が迫ってくる。しかし触れる直前で、萌は彼を責めた。

「鍵かけてたんですよ。どうやって入ってきたんです？」

「言っただろ、離れや宿舎の鍵は、すべて執務室で俺が管理しているって」

「職権乱用ですよ」

「その中でも、お前の部屋の鍵だけ別にした。スペア関係は別管理だ」

「良いんですか？　そんなことして」

「場合によっては他の人間も手を触れる可能性がある所になんて、一緒にしておけるか。俺の女の鍵は俺だけが管理をする」

俺の女という宣言が照れくさい。萌は章太郎の肩に腕を回してクスッと笑った。

「でもわたし、水野さんの言いつけ破りました」

「なんだ？」

「ここに入居した時、この部屋の周辺に誰もいないからって男を連れ込むんじゃないぞ、って言われていたんですよ。使用人の中には手の早い男もいるから、って」

照れ隠しに章太郎の唇をついばみ、ちょっと肩を竦めてから萌は彼に抱きつく。

「連れ込んじゃいました。――手の早い、大好きな男の人」

とても幸せな気持ちだ。シャツ越しに伝わってくる彼の体温を心地良く感じていると、抱き上げられて椅子からデスクの上へと座らされた。

「水野さん？」

「じゃぁ、言いつけを守らなかった、お仕置きだ」

彼の表情は意地悪なのに、発する声はとても艶っぽい。萌はドキリとして、デスクに後ろ手を付く。

「みっ……水野さんっ……。お、お仕置きって……っ」

ネグリジェの前ボタンを外す彼の手元を、成す術もなく見つめる。ぱらりと薄い布が肩から落ち白い肌が現れると、章太郎は満足げに笑った。

「お前、寝る前はブラジャーを着けないんだな」

「はい……、あの、……眠る時は身体を締め付けないほうが疲れが取れると……、お爺様が……」

章太郎の目の前には、昼間彼に快感を引き出され、何度もその形を変えられた白い乳房が晒されている。

控えめに顔を出す頂を手のひらで擦り、章太郎は両手で大事そうに揉み込んだ。

「あっ、あの、お母様には、……着けた方が形が崩れないのよ、って……あのっ……、んっ、ぁンっ、……水野さ……」

昼間の感覚がすぐによみがえってくる。目を閉じると、翻弄され感じるままに悶《もだ》えた自分が思い出される。

それだけで下半身がジワリと重くなり、自然と内腿をもじもじと擦ってしまった。

萌の乳房を揉みしだきながら、章太郎は時々頂を舌でくすぐり、顔を出しかけているピンクの突起を挑発した。

「――崩れる、崩れないは、個人差だ。年齢なんかも関係するしな。お前のは綺麗な形をしているし充分にハリもある。まだ〝崩れる〟って年齢でもないからな。安心しろ」

「……崩れたら、嫌ですか？」

「成熟していけば形は変わるものだ。楽しみだよ、俺の手によって変わっていくのだと思うと」

「水野さん……」

それは、もしかしたら遠回しに告げられる〝決定〟なのだろうか？

――お前は、一生俺のものだ、と。

胸に吸い付く彼の頭に両腕を回し、萌は章太郎を抱きしめる。

「水野さん、好き……」

(どうしよう……、幸せ……)

胸に押し付けられたのを良いことに、章太郎は乳首に吸い付き何度も舐め上げる。片方の胸を揉みながら顔を出してきた乳首を摘まみ、指先を擦り合わせるように刺激した。

「んっ……、あ、やん、……水野さん……、また感じちゃいます……、ぅンッ……」

萌は快感に肩を揺らしながらも、彼の頭を抱く腕を放さない。

「連れ込んだお仕置きだって、言っただろう」

「だって……、あァンっ」

片手が萌の腰を撫で、脇腹をなぞる。電流が走りゾクゾクと震えた背中は徐々に前屈みになり、章太郎の顔を胸に押し付けた。

「押し付けるな。窒息する」

「窒息するほど大きくないです」

「お前がかわいい反応ばっかりするから、俺が食いつきすぎて窒息しそうなんだよ」

「そんなこと言われたら、……わたしのほうが嬉しくて息が止まっちゃいます」

くしゃりっ、と彼の髪を混ぜる。昼間のようにスタイリング剤で整えられた硬さではなく、柔らかなメンソール系のシャンプーの残り香がふわりと香り、しっとりと湿る髪が指に心地良い。こんな彼を感じられるのは自分だけなのだということが、萌の胸を熱くした。

「水野さん……」

とろけかかるキャンディのように、とろりとした表情ではにかむ萌を前にして、章太郎も気持ちが盛り上がる。彼女の足をデスクへ上げようとした時、暈かし桜の一筆箋が散らばっていることに気づいたようだった。

「手紙でも書いていたのか?」

「あ、……お爺様に、書こうと……」

「近況報告か。そうだな、しておいたほうが良い。ご祖父様も、萌の様子を案じておられるだろう」

「報告、っていうか……、お願いをしようと……」

「何をだ?」

萌は刹那《せつな》戸惑いを見せるが、意を決して口にする。

「……この……、婚約の件を、なかったものにしてもらえるように……」

胸から顔を離し、自分に視線を送る力強い瞳を見つめ返して、萌は決意を口にする。

「わたし、水野さんが好きです。……大好きです。だから、執事さんと結婚なんてできません。……だから……」

祖父が悲しむ顔が目に浮かぶ。それを思うと泣きたくなってしまうが、章太郎と一緒にいたいという気持ちのほうが上回ってしまっている事実を、萌は否定できない。

「だから……、お爺様にお願いをしようと思って……」

萌の声は、彼女の迷いを表すかのように段々と小さくなっていった。

「でも、なんて書いたらいいのか分からないんです……。どうやって説明すれば、お爺様にちゃんと分かって頂けるか……」

熱い男の友情に感動して引き受けた話だ。祖父はあんなにも喜んで送り出してくれたのに、かわいがっていた萌に裏切られたと知ったら、どんなに悲しむだろう。

祖父を悲しませずに、きちんと説明する言葉はないだろうか。そんな手紙を書きたくて、萌はずっと悩んでいる。

「明後日には、旦那様と一緒に執事さんも戻ってくるって聞いたから……、早くしなきゃって。でも、焦れば焦るほど、言葉なんて浮かんでこない……」

意気消沈した萌を、章太郎は柔らかく抱きしめる。背中をポンポンッと叩かれると、焦ってばかりいた気持ちが治まっていくのを感じた。

しかし、萌が彼の心遣いに感動していると、当の章太郎は喉を鳴らし失笑した。

「まったく。お子ちゃまだな、お前は」

「わ……、笑わなくたっていいじゃないですかっ。だいたい、水野さんにだって関係があることでしょうっ」

「ある。大いにある。なのに、なぜひとりで悩んでいる？」

「え……？　だって……」

「お前の心もヴァージンも、もらったのは俺だぞ？　ふたりのことでご祖父様に嘆願書を出すから、どう書けばいいだろうと、なぜ相談しない？　お前ひとりがウダウダ悩む問題じゃないだろう」

これはふたりのこと。章太郎に相談しても良いことだ。

「まぁ、どっちにしろ、今書いて明日投函したところで、手紙が到着する頃には執事も帰ってきているだろうな」

「そ、そうなんですけど……」

「どうして電話にしない？　ひとことで済むだろう？」

「あの……、それは……」

正直、電話では言いづらい。いくら顔が見えないとはいえ、祖父がガッカリする声など聞いてしまったら、きっと萌は辛くて辛くて嘆願を撤回してしまいそうだ。

（わたし……、ずるいな……）

だから、相手の顔も見えず声も聞こえない、手紙に頼ろうとしてしまったのではないか。

そう考えて、萌は自己嫌悪に陥る。

「俺が言ってやろうか？　執事に。『萌のヴァージンもらいました』って」

あけすけな発言に驚いて、萌は慌てて章太郎の胸を両手で押した。

「なっ、何言ってるんですかっ。そんなことしたら、水野さん……」

精鋭だの執事補佐長だの大層な肩書きは持っていても、所詮章太郎は執事の部下に当たる人間だ。部下が上司の婚約者になる女性を取ってしまったら、仕事や人間関係上において、章太郎の立場を悪くしてしまうではないか。

萌の心配をよそに、章太郎は小さく声をあげて笑っている。

「そうだな、殴られるくらいは覚悟しなくてはならないかな。でもあの人、鬼畜だからな……、もしかしたら屋敷から追い出されるかもしれない」

「追い出されるっ!?」

話がどんどん不穏なものになっていく。追い出されるというパターンは考えたくもないが、この章太郎が鬼畜呼ばわりするような人物ならば、それもあり得るのかもしれない。

「萌は、そうなったらどうする？」

「そんなこと……、考えられません。でも、水野さんが追い出されるんだったら、……わたしも一緒にお屋敷を出て行きます」

章太郎の胸元を掴み、萌は真剣に彼を見つめる。――ちらり……と、自分はとても祖父不孝で親不孝なことを言っているのではないかという悲しい気持ちが胸をよぎるが、それでも、章太郎の傍にいたい、彼が欲しいという気持ちは止められない。

そんな彼女を気遣って、章太郎は未来の展望を口にする。

「ここを追い出されたら、そうだな、持ち得る人脈とコネでも使って起業でもするか……。まぁ、怒り収まらない執事に裏で手を回されて邪魔されない限り大丈夫だろうって、前提の元ではあるが」

「そ……、そんな……」

これでは、先行きが明るいのか暗いのか分からない。

半泣きになる萌に気づいた章太郎は、クスリと笑って彼女の肩から落としていたネグリジェを戻し、ボタンを留め始めた。

「無駄に悩んでいてもしょうがないことだ。とにかく今日は眠れ」

「でも、……きゃっ！」

言い返そうとした萌を、荷物のようにひょいっと肩に担ぎ、章太郎は「また『きゃっ』

か？」と楽しげに笑いながら、ベッドへと運ぶ。

彼女を座らせ、両手で萌の顔を上げさせてキスをした。

「水野さん……、お仕置きは……？」

「貯金しておく。貯まったらおろすから、利息付けろよ」

「なんですか、それ」

囁き合い、何度もキスをしているうちに、萌の気持ちは随分と落ち着いた。そのおかげで、ベッドに入ってからすぐに眠ってしまった。

眠りに落ちるまで、ずっと傍に付いていてくれた章太郎の存在を嬉しく思いながらも、萌は、ひとつ大きな事実に気づいたのだ。

この件で大変な立場に立たされてしまうのは、萌ではなく、章太郎であることを……。


「萌さん、お加減はいかが？　もうよろしいの？」

「えっ、あ、はい、だっ、大丈夫です。ご心配をおかけしました。もう、ね、情けなさ過ぎますよね。倒れて眠りこんじゃうなんて。昨日はすみません。途中でお仕事も抜けてしまって」

翌日の朝、いつもの控え室で、萌は自分に話しかけてきた櫻子だけではなく周囲にも連続して頭を下げた。口にする言い訳が嘘だとばれやしないかと焦るあまり、セリフは棒読みになる。

だがそんな心配は杞憂だったようで、周囲はいっせいに彼女を気遣った。

「良いのよ萌ちゃん、そんなに謝らなくても」

「そうよ、慣れないメイド仕事に入って緊張していたのよね？　可哀相に」

「倒れたと聞いて驚いたのよ。もう大丈夫？　熱はないの？」

「様子を見に行きたかったのだけれど、メイド長が『安静だから』とおっしゃるので控えたの。でも、動けるようになって良かったわ」

「今日も無理はしないでね」

こんなに心配をされてしまうと、口が裂けても本当のことなど言えない。

（な……、なんか、罪悪感……）

昨日、仕事を途中で抜けていなくなってしまった萌のアリバイを作ってくれたのは、メイド長の志津子だ。

仕事中に精神性の疲労で倒れ、医師から安静を言い渡されて休んでいると、メイドたちには伝えられていたらしい。

志津子は章太郎に紫の件を頼まれていた。その時一緒に、萌の件も根回ししてくれるよう言われたのだろう。だから志津子だけは、頼まれた時点で萌が本当に倒れたわけではないことを知っている。

彼女はメイドたちを取りまとめ律しなければならない立場の人間だ。決して、仮病を装った嘘に加担して良いわけはない。もしも、執事補佐長としての章太郎に頼まれ、嘘だと分かっていても断れなかったのだとしたら、随分と無理をさせてしまったと思う。

（あとでメイド長に会ったら、謝ってお礼言っておかなきゃ……）

素直にそう思えるのは、やはり志津子を見ていると自分の母親を思い出すからだろうか。優しく諭すような彼女の接し方が、まるで母親と話をしているように感じられて、萌はつい懐きたくなってしまう。

（メイド長って……結婚してるのかな……。子どもとかいるのかしら）

そんなこと気にしたこともなかったので、結婚指輪をしているかなども意識して見たことはなかった。今日会ったらシッカリ見ておこうと心に決めた。

「萌さん、どうぞ」

仲間からのお見舞いの言葉を大量に受け取り、椅子に座ってひと息ついたところで、目の前に綺麗な緑色のお茶が置かれた。萌の横では櫻子がにこやかに微笑んでいる。

「お疲れの時は、お茶がよろしいわ。今日も無理はなさらないでね」

「あ、はい、すいません、重ね重ね……」

萌の隣の椅子に腰を下ろし、櫻子は申し訳ないほどいたわってくれる。

「萌さんは、急に入邸が決まった方でしたものね。そんな気疲れもあったのだと思うわ。

もうそろそろ一週間になりますわね」

「はい……、でも、あっと言う間だったので、いまだに何がなんだか……」

「今日辺り、萌さん用のメイド服も仕上がってくるのではないかしら。良かったですわね、間に合って」

「間に合う？」

「明日、旦那様と執事様がお帰りになられるでしょう？　借り物のお洋服ではだらしなく見えてしまいますものね。良かったわ」

お茶で癒やされていた心が一気に張り詰める。当主と執事が明日帰ってくるのだという事実に、潤したばかりの喉がまた渇きを訴え出した。

萌にとっては、当主への挨拶より執事と顔合わせをしなくてはならないことの方が重大だ。それは顔にも出てしまったのだろう。再び櫻子に気を遣わせてしまった。

「ごめんなさいね、そんなに緊張させてしまって。旦那様も執事様も怖い方々ではないのよ。どちらもとても素晴らしい紳士でいらっしゃるもの。萌さんも驚かれるわよ」

「あの、……執事さんって、どんな方なんでしょう……？」

「執事様？」

「ええ、こんな大きなお屋敷の執事様ですから、きっと、厳しい方なのかと……」

萌に心配させまいとして、櫻子は小首を傾げ取り繕うように明るく振る舞う。

「もちろん、お厳しくもあるけれど、誠実で素晴らしい方だわ」

「厳しいって……、どのくらいですか……。あの、まさか、……水野さんが大人しくなっちゃうくらい、とか……。アハハ……そんなわけないですよねぇ」

つい笑いが引き攣ってしまった萌に対して、櫻子は楽しげに微笑んだ。

「そうね、あの水野さんが言葉を出せなくなってしまうほどお厳しい一面もお持ちよ。そう考えると、水野さんが使用人の中で一番気を遣っていらっしゃる方ではないのかしら。なんと言っても執事様は、元、旦那様専属の精鋭でいらっしゃったらしいから、とてもお強い方でいらっしゃるもの」

「だっ、旦那様の……、精鋭っ……」

萌はもう、どう反応したら良いのか分からない。

〝あの〟章太郎が、口出しもできず、一番気を遣ってしまう相手。

その相手こそ、萌がこの屋敷に来た目的である人物だ。

そして、章太郎のものになってしまった萌は、その人物の、婚約者なのだ。

＊　＊　＊

「はい、分かりました。明日の朝、到着されるのですね」

彼の口調は、とても丁寧かつ折り目正しいトーンだった。

「はい、本部へはそのように手配いたします。……ハハッ、ご心配は無用ですよ」

少々親しげに笑い声を出すが、章太郎はすぐに謹厳さを取り戻す。

「──執事様」

専用の書斎で、章太郎は執事からの電話を受けていた。ちょうどこの部屋へ入った時、彼のスマホに執事から連絡が入ったのだった。

やはり久し振りに聞く〝鬼の上司〟の声は身が引き締まる。相手は電話の向こうだというのに、いつもの癖で背筋を伸ばし直立している自分に、章太郎は苦笑してしまった。

『例の娘は、どのような様子だ？』

すべての用件を伝え終えると、電話の向こうから聞こえる声のトーンが優しくなる。執事が言う〝例の娘〟と言えば、ひとりしか思い付かない

章太郎は躊躇いを感じさせることなく返答した。

「頑張っておりますよ。コーヒーの淹れ方ひとつ、鏡の拭き方ひとつ知らなかったような娘ですが、数日間で上手くこなすようになりました。──とても明るく、頭の良い娘です」

萌の話をしていると、自然と表情が和んでくる。柄にもなく弾みそうになってくる声を、章太郎は意識をして抑えた。

『ほう、お前がそんなに褒めるなんて珍しいな。気に入ったのか？』

「はい、とても」

臆することない正直な答えを、執事が笑いながら称賛する。

『お前がそこまでハッキリと言うとは、余程かわいらしい娘なのだな。会うのが楽しみだよ』

「ええ、きっと、執事様も気に入るかと……」

『それは良いが、お前、手は出していないだろうな。お前がそんなに褒めるのは本当に珍しい。どうも疑わしいぞ』

付き合いが長い分、執事は章太郎の行動パターンを読んでいる。図星をさされた章太郎ではあったが、動揺を見せず即答した。

「出すわけないじゃないですか。〝約束〟ですから」

『そうか？』

信用できないと言いたげな様子ではあったが、一応納得はしたらしい。

執事との電話を終え、章太郎は溜め息をついた。

「……本気で、追い出された時の用意をしておいたほうが良いかもな……」

スマホを腰のホルダーに戻し、書斎を出る。

もし屋敷を追い出されるとしても、萌を手放そうという気持ちはさらさらない。執事が戻る明日に不安を感じても、心に思い浮かぶのは萌の姿だけだ。

職務への忠実さより、ひとりの女を優先してしまっている自分に、章太郎は内心驚いている。

生まれた頃からこの屋敷で育ち、当主一族に忠誠を立て、何よりもこの職務に誇りを持っている彼が。

萌を失うくらいならば、この身分を捨てても良いとまで考えているのだから。

(まさか……、俺がここまで女に心惹かれるようになるとは……)

自分で自分に驚きつつ執務室へ戻った章太郎は、デスクを見て首を傾げた。淹れたてを思わせる、柔らかな湯気の立つコーヒーが置かれている。

彼のコーヒーを淹れるのは萌の役目だが、まだ執務室へコーヒーを持ってくる時間ではない。第一、一時間ほど前に持ってきたばかりで、デスクの上にはその時のカップも置きっぱなしになっているのだった。

「これは、誰が持ってきたんだ?」

近くにいた若い補佐に尋ねると、彼はクスクスと思い出し笑いを始めた。

「いつものあの子ですよ。ボーっとした顔で置いて行きました」

「ボーっとして?」

どうやら予想通り萌の仕業らしい。だが、昨夜は彼なりに気を遣い何もせずに寝かせたのだから、寝不足でボーっとしているということはないだろう。

（どうしたんだ、萌……）

コーヒーを口に含んで、章太郎は眉を寄せる。

これは、コーヒーの淹れ方を習った当初の味だ。初めてだらけの状況に戸惑い、章太郎に反発して、ただこの先の不安だけを抱えていた。屋敷へ来て間もない頃の味。

章太郎にひとりで悩むなと言われても、やはりそれで割り切れる問題ではないのだという心情が窺える。萌はまだ、そんな強《したた》かな〝女〟になれるほど、大人ではないのだ。

「……本当に……、かわいいな。あいつは……」

章太郎は口角を上げると、迷いの味がするコーヒーをゆっくり飲み干した後、カップをふたつ並べてから踵を返した。

「あれ？　水野さん、どこへ行くんですか？」

補佐の青年が声をかける。章太郎は軽く振り向き、自信を湛えた笑みを見せた。

「俺の、女の所だ」

顔をほころばせる萌の姿が、彼の脳裏に浮かぶ。

彼女の手を引き寄せるのは自分しかいないのだという確信を胸に、彼は執務室を出た。

Lesson 10☆オトナの恋を貴方と

「はぁぁぁぁ…………」

溜め息にやり切れなさが混じると、なんともいえず滑稽な声が出る。

萌はそれを実感しつつ、肩を落として背中を丸めた。

「どうしようか……」

朝から何度この言葉を口にしただろう。考えれば考えるほど気持ちは沈む。

章太郎が好きだ。けれどこの気持ちを貫けば、彼の立場を悪くしてしまう。

こんな大きな財閥のお屋敷で執事補佐長まで務めている人を、萌の判断ひとつで失脚させてしまうかもしれないのだ。

〝執事様〟と皆に慕われている男性は、櫻子が言っていた通り素晴らしい男性なのだろう。

章太郎よりも堂々としていて、立派な人物なのかもしれない。

だが、心の中でどんなに立派な婚約者を想像しても、萌には章太郎以上に心惹かれる男性がこの世にいるとは思えない。

「水野さん……」

名前を口にするだけで、萌の頬は赤く染まる。熱くなり始めた顔を両手で覆い、さらに大胆な言葉を口にした。

「……章太郎……」

自分の耳にさえ届かないほどの小声。口の中で彼の名を呟くためについた吐息さえ、ジワリと沁みて萌の身体を火照らせる。

（やだっ、名前呼んじゃった！）

誰も聞いていないと分かっていても、その照れくささに身悶えしそうになる。いつかこんなふうに彼のことを名前で呼び捨てにできたなら、どんなに幸せだろう。

（やだやだ、恥ずかしい！　呼び捨てなんて夫婦みたいじゃない！　絶対できない！）

悩みながらも萌は幸せな気持ちに浸される。

しかし、そんな彼女の妄想を、雷鳴のごとき怒声が砕き散らした。

「背筋を伸ばせぇ!!」

「きゃあああっっ!!」

条件反射的にあがる悲鳴。怒鳴り声と共に、萌の背中にはメイド服の襟足から腕がまっすぐに挿し込まれ、強制的に背筋が伸ばされる。

「なっ、ななななっ、なんですかっ！」

萌に対してこんなことをするのはひとりしかいないのだ。それを承知の上で、萌は顔を上げた。

そこにあるのは、眉を吊り上げた厳しくも嫌味な教育係。

「何をフラフラしている。シャキッとしろ、弛《たる》んでいるぞ、お子ちゃまっ」

口調はいつも通りなのに、嫌味を発する口元は緩んでいて、それはかえって彼を優しく頼もしく見せてしまう。

「水野さん……」

萌は頬を染めたままポーッと章太郎を見つめた。

惚れた弱みだ。もう萌は章太郎からどんなに怒鳴られようと、胸に湧き上がるのは反抗心ではない。彼女の心から身体までを熱くする想いだけだ。

章太郎はフッと笑って、萌の襟足から腕を抜く。

「こんなことができるのも、今日で終わりだな」

「え……？　どうして……」

「お前のメイド服が仕立て上がっているそうだ。控え室にあるから、もらって来い。すぐに着替えても良いし明日からでも良い」

「あ……、はい」

「どうした？　嬉しくないのか？　お前のサイズで作られているから、もう背中に腕を突っ込まれることもないぞ」

「いえ、あの、嬉しい、です……」

言葉の割に口調が嬉しそうではない。章太郎は軽く息を抜くと、今にも俯いてしまいそうな萌の顎を摘まみ、彼女の唇にキスをした。

「そんなに心配か？」

「え……？」

「ぼんやりして、淹れなくても良いコーヒーを間違って淹れてしまうほど、明日が心配なのか？」

「……間違って淹れていました？」

章太郎は噴き出しそうになってしまった。呆けながら淹れたのは本当らしく、考え事の大きさゆえ、仕事が手につかないらしい。

込み上げるおかしさを堪え、章太郎は萌を抱きしめた。

「ああ、コーヒーがすでに二回も届いたぞ。おまけにすっごく不味かった」

「まっ、不味かった……？」

「今日はまだコーヒーを淹れる仕事があるだろう？　それも不味かったらお仕置きだからな」

「おっ、お仕置き……ってぇ」

「昨夜の分と一緒に貯金しておいてやる。どんどん貯まるな。おろすのが楽しみだ」

「みっ、水野さんっ」

ハハハと軽く笑い声をあげ、章太郎はポンポンッと萌の背を叩く。

「嫌だったら上手く淹れろ。俺のことだけを考えていないから不味くなるんだ。他のことは考えるな。──他のことは、俺と一緒に考えれば良いんだ。分かったな、萌」

他のこととは、執事の件だ。悩んでいる原因を、彼はちゃんと分かってくれている。萌は力強い腕の中で、うんうんと頷いた。

「一緒に、考えます……」

少々甘えた声が、章太郎のサドっ気を誘う。彼はポロリと本音を漏らした。

「まあ、お仕置き貯金は、増え続けてくれたほうが俺は嬉しいが」

「水野さんっ！」

萌の悩みの原因である執事は、明日早朝に戻る。

帰って来たら早々にふたりで出向き、挨拶してことの次第を話そう。

萌は章太郎とそんな約束をした。

──だが……。

＊　＊　＊

「水野、お前……、何か執事の気に入らないことでもしでかしたのか？」

精鋭として上司に当たる神藤の声も、章太郎には遠くに聞こえる。

とにかく今の彼は、夕方からいきなり回された仕事に大わらわだ。

「ほら、追加だ」

章太郎の横に積み上げられた書類の山が、無情にもさらに高くなる。章太郎はパソコンのモニターから視線を外し、恨みがましく神藤を見上げた。

「そんな目をするな。これも執事からの指示だ」

エキゾチックで見目麗しい顔を和ませ、神藤は腕を組み章太郎を見下ろす。

「執事が言っていたぞ。明日の朝まで一歩も書斎から出られなくなるくらいの仕事を与えておけと。――やはり、お前、何かしたのだろう？」

章太郎は感情を表に出さないまま、心の中で叫び歯ぎしりをする。

（あの、鬼畜執事！）

執事はおそらく気づいているのだ。

章太郎が、すでに萌に手を出してしまっているであろうことを。「手を出さない」という執事との約束を、彼が反故にしたであろうことを。

そう考えれば、いきなり章太郎に与えられた大量の仕事は、執事が帰る明日まで萌と会わせないようにするための応急措置なのだろう。

（お見通しか……。まぁ、あの人に隠し事をしようなんて、所詮無理だったな）

ハァッと溜め息をつく章太郎を見て、さすがの神藤からも慰めの言葉が出た。

「手伝ってやりたいところだが、やれば私の仕事だとすぐに執事には分かってしまう。悪いな、手を貸してやれなくて」

「良いんだ。お前だって自分の仕事があるだろう？　それに、お嬢様にだって付いていなくてはならないのだから」

彼に親友として礼を言い、章太郎はモニターに視線を戻す。

仕事は間違いなく日付が変わるまで終わらないだろう。萌に会いに行くことはできないが、明朝までには終わらせて彼女を迎えに行かなくてはならない。

ふたりで執事の帰りを待ち、ことの次第を説明しなくてはならないからだ。

（あの人、頭固いからな……。古臭いと言うかなんと言うか……）

執事への尽きることのない不満を押し留め、章太郎は気を取り直して目の前の仕事を再開する。

「あとで夜食を届けさせるよ」という親切な神藤の言葉も、必死になり始めた章太郎の耳には、入っていなかったようだ。

＊　＊　＊

いよいよ明日は、婚約者である執事に会う。こんな不安な夜は章太郎に傍にいて欲しかったが、仕事が入り萌の部屋へはこられそうもない。

心細いが早朝迎えにくると言っていたので、それを待つ他ないだろう。

執事への報告後、彼の気持ちひとつで章太郎と萌のこれからが決まる。

もし本当に追い出されることになってしまったら……。悪い考えが終始頭をよぎり、眠ろうとしてもまったく眠れるものではなかった。

そこで萌は、仕立て上がったばかりのメイド服を着てみることにした。

「わぁ……、ぴったり……。気持ち良い……」

萌のサイズ通りにオーダーされたワンピースは、まるで彼女の身体の一部になってしまったかのような心地良いフィット感をもたらしてくれる。

腕の形、胸のラインから腰のくびれまで、すべて萌そのものの仕立て上がりだ。

実家にいた頃もオーダーメイドの洋服を作ってもらった経験はあるが、それとは比べ物にならない。実家で仕立ててもらったのはパーティ用のワンピースであったが、このメイド服のほうが、何倍も上等に感じられる。

「ハイクラスっていう感じ……。凄いなぁ……」

メイド服ひとつにも気品と誇りを持たせる大財閥。

その、執事補佐長。

果たして、自分などのために、彼を窮地に立たせても良いものか……。

萌は朝からずっとそんな思いに苛まれ、責め立てられている。

（こんなことばっかり考えているのを知られたら、またお仕置き貯金をされちゃうよね）

ひとりで考えるなと言われても考えずにはいられない。溜め息をつきつつ、萌は〝お仕置き貯金〟の意味を妄想しながらひとりはにかんだ。

（〝貯金〟おろされる時、ナニを利息にしてあげたら良いんだろう……）

章太郎は大人なので、〝服を脱がせてあげる〟や〝自分からキスをする〟くらいでは駄目なのではないか。もしそれを「利息だもん」などと言っては「お子ちゃまだな」と当然のように笑われるのが想像できる。

（でもわたし……、まだエッチだって一回しかしたことがないし……）

いきなり〝オトナの利息〟を求められたらどうしたら良いだろう。妄想して頭に浮かんだ淫らな光景に、萌は赤面してしまった。

（ん～、口でしてあげるとか……、手でしてあげるとか……。でっ、できない、できない、恥ずかしい!!）

ひとり姿見の前で慌てていると、背後のデスクに置いていたスマホが着信を告げる。

「きゃっ！」

思わず身を竦め吃驚してしまったのは、まだ夜中と言っても過言ではない早朝の午前三時三十分という時間だったからだ。

番号表示には、章太郎の名前。朝までかかる仕事だと言っていたので、仕事が終わったという連絡なのかもしれない。萌は咳払いをして声を整える。

せっかく声を整えたが、先に章太郎の声が耳に飛び込んできた。

『萌、すぐに書斎までこい。旦那様と執事が戻ったようだ』

いきなりの話である。それもこんな早朝に。だが、そんなことを考えている場合ではない。

萌は急いで部屋を飛び出した。

「まずは挨拶だよね……。うんっ、挨拶、挨拶……」

萌は宿舎を出て屋敷への通路を急ぐ。

外はまだ暗いが、月灯りの他にも外灯や温室の灯り、屋敷へと続くプロムナードの灯りなども見えてくる。そのため、特に怖いと感じることはない。

それでも、人影はないので幾分心細くはある。章太郎に部屋まで迎えにきてもらえば良かったなと少々甘えたことを考え、萌は「えへっ」と照れて注意が横に逸れた。

そして、幸せ気分の代償と言うべきか、横の通路から出てきた〝何か〟に突然ぶつかってしまったのである。

「きゃっ！」

走っていて激突したのだから、その〝何か〟は堪らなかっただろう。しかし、それは微動だにせず、萌だけが跳ね飛ばされて地面に尻もちをついた。

(何っ！　なんなのっ⁉)

ちょうど通路の合流地点だった。茂みの陰になっていたので、誰かが近づいていることに萌は気づけなかったのだ。

「大丈夫かい？　すまなかったね」

降ってくる声は優しく力強い。初めて聞く声を追って、萌は自然と顔を上げた。

「まさか、こんな早い時間に走ってくる娘がいるとは思わなかった。怪我はないかな？立てる？」

そこには、ひとりの紳士が立っている。

手を差し伸べてくれているが、彼を見て目をぱちくりとさせるばかりで萌はその手を取ることができない。そんな彼女に微笑みかけ、紳士は萌の腕を掴んでゆっくりと立たせてくれた。

「大丈夫かい？」

「は、はい……、こちらこそ、すいません……」

萌は呆然と紳士を見つめた。声も初めてなら顔も初めて見るが、なんとなくどこかで見たことがあるような気もする。

年の頃は五十代くらいだろうか。背が高く体格が良く、上等なスーツにも負けない堂々とした風格だ。

〝ロマンスグレー〟とはこういう紳士のことを言うのではないのだろうか。落ち着いた雰囲気に、つい見惚れてしまう。

（かっこいい……、なんか、ちょっと、お爺様に似てるかなぁ……）

〝お爺ちゃんっ子〟の萌。どうしても気持ち的に、精悍《せいかん》な顔立ちの年上の紳士に弱い。

そんな萌の好みに大ヒットした紳士は、にこりと笑って彼女の前に両膝を着き、スカートの埃を払ってくれた。

「新しいメイド服だね。ということは、あなたが最近入邸した、常盤萌さんかな？」

「え……、はい……。あっ、大丈夫です、自分で払いますから」

萌は一歩引き、前後左右両腕を駆使してパンパンとスカートを払うが、元々通路も綺麗にされているので、泥どころか埃も付いてはいない。

この人はなぜ自分の名前を知っているのだろうと疑問を感じ始めた萌に、紳士が穏やかな口調で質問をした。

「こんな朝早くからどうしたのかな？　まだ行儀見習いのメイドが活動を始める時間ではないのでは？　もしかしたら、愛しい男性の元へ走る途中だったのかな？」

「ちがいますっ、あ、あのっ、執事様がお帰りになったと聞いたので、ご挨拶に……」

「執事に？　こんなに朝早くからかい？　確かに帰ってはいるが、挨拶なんてあなたが仕事を始める時間にすれば良いのではないのかな？」

「いえ……、どうしても、お話しておかなくてはならないことがあって……。それを話さないと、仕事も何もできません……。話次第では、これからの仕事だってどうなるか……」

説明しながら、自分自身でも恐怖を覚えて、萌は声が震えてしまった。

挨拶をして、婚約をなかったものにして欲しいと伝え、章太郎との関係を話したら、……その後、自分たちはどうなってしまうのだろう。

執事不在のあいだに進んでしまったこの不実な関係を彼がどう思うか、それが問題なのだ。

「お話して……、謝らなくちゃならないんです……。たくさん、たくさん、謝って……、できたら、許してもらいたい……」

「なぜ謝るのだろう？　それは、あなた自身の保身目的でする謝罪なのかい？」

「いいえ、わたしなんて、怒られて追い出されたっていいんです……、でも……」

章太郎が咎められるのは耐えられない。

彼が罰を受けないよう、なんとしても執事に謝って許しを請いたい。

萌の願いは、それだけだ。

「好きな人が、辛い目に遭うのは嫌なんです……。叱られることをしたのは、ふたり一緒にだったけれど、けど、イケナイことだと分かっていて受け入れたわたしが悪いから……、だから、わたしは怒られても良いから、その人は許して欲しいって……。たくさん、たくさん、謝らなくちゃ……。許してくれるまで、何回でも……。だから、早く会わなくちゃならないんです……」

ぽろぽろと涙が流れても、言葉が支離滅裂になってきていても、萌は自分の気持ちを口に出し続けた。

なぜかこの紳士には、正直に話すことが許されるような気がしてしまったのだ。それは、彼の雰囲気から漂う寛容さのせいかもしれない。

紳士はポケットからハンカチを出すと、長身を屈め、萌の涙を拭った。

「自分が為さなければならないことを為し遂げるまで、泣いてはいけないよ。あなたは、心に決めたその彼が好きなのでしょう?」

「……はい……」

「彼を庇いたいその一途な気持ちを、執事に分かってもらえるまで頑張らなくてはならないのですから。まだ泣いてはいけません。良いね？」

「はい……」

涙を拭い終えたハンカチを手に微笑む紳士を見つめ、萌の頭にある疑問が浮かんだ。

この人は誰なのだろう。こんな時間に外にいるということは使用人なのだろうけれど、その身のこなしからただならぬ風格を感じてしまう。

「萌！」

考え込みそうになった萌の意識を目覚めさせたのは、章太郎の声だ。

紳士が来たのと同じ通路から現れた章太郎は、萌と一緒にいる人物を見て目を見開いた。

「水野さ……」

彼の顔を見て笑顔になりかかった萌ではあったが、章太郎は突然直立し、紳士に向かって規律正しい礼と共に厳粛な声を響かせたのだ。

「おかえりなさいませ、執事様！」

（――――執事……様……？）

章太郎の言葉を耳にして、萌は息が止まりそうになる。

目の前にいる紳士と章太郎を見比べ、驚愕の表情を浮かべた。

「し……執事様……って……」

〝執事〟と呼ばれた紳士は、優しかった顔を一変させ、厳しい表情で章太郎へ向き直った。

「章太郎、お前、私との約束を破ったな」

「――申し訳ありません」

「どうやら萌さんは、すでにお前と男女の関係にあるようだ。お前を許して欲しいという
あの懇願には、女としての情がこもっている。いや、その前に、お前との電話でとっくに
分かってはいたんだ」

「お気づきになられていると……、いきなり預けられた仕事量で分かりました」

「仕事のせいで、萌さんと夜のデートができなかったのだろう？」

「はい」

「悔しかったか？」

「はい」

「じゃぁ、許してやるから、顔を上げて、長期の仕事から疲れて帰って来た〝父親〟をね
ぎらえ」

執事の水野は、下がったまま動かない章太郎の頭を、こぶしでガツンとひと突きした。

一瞬目をぱちくりとしばたたかせた萌は、その紳士の言葉に吃驚《びっくり》する。

（ち……？　ちちおやぁっ!?）

「痛いですよ、お父さん……」

「黙れ。萌さんに聞いたぞ、お前たち、こんな朝早くから私のところへ来て、自分たちが

しでかしたことを謝ろうとしていたらしいな。疲れて帰ってきてるのだから少しは休ませないか、馬鹿者」

「ですが、話は早いほうが良いかと思いまして……」

「もう良い。泣いて謝った萌さんがかわいらしかったから、許してやる。おかげで疲れが癒やされたしな。お前と約束した『結婚するまで手は出さないこと』というのは取り消してやるから、安心しろ」

「ありがとうございます、お父さん！」

清々しく礼を口にした章太郎は、まだ呆然としている萌の肩を抱き寄せる。

萌には、何がなんだか、事態がさっぱり理解できていない……。

「あら？　やっぱりこんな所にいらしたのですか？」

すると、いつも通りのニコニコとした笑みを湛《たた》え、メイド長の志津子が姿を現し、紳士に声をかけた。

「書斎にお茶と着替えを用意しました。ひと息ついてくださいね。少し仮眠なさいますか？」

「そうだな、時差で眠れていないので、少し仮眠するかな。起こしてもらわなくてはならないから、志津子には傍にいてもらうぞ」

「はい、もちろんですとも。ところで、章太郎にも仮眠時間をあげてください。この子も、やっとあなたに命じられた仕事を片づけたのですから。……ねぇ、章太郎、あなたも萌さんの傍で仮眠したいわよね」

にっこりと微笑む志津子に、章太郎も柔らかな笑顔を返す。

「はい、お母さん」

（おっ……、お母さん……!?）

――――萌は、目の前の急展開が理解できず、倒れてしまいそうになっていた……。


「ごめんなさいね、萌さん」

目の前に緑茶が置かれると、その豊潤な香りに萌は脱力する。ソファに並んで座る章太郎に肩を抱かれ、人前だというのにぐったりと彼に寄りかかってしまった。

執事の書斎には、萌と章太郎、そして彼が「お父さん」と呼んだ紳士と「お母さん」と呼んだメイド長の志津子がいる。

志津子が淹れてくれたお茶を前に説明をしてくれたのは、差し向かいに座る本当の執事である水野だ。

「つまりだね、萌さん、〝執事〟というのは私なのだが、私にはすでに妻がいるのですよ。それがこの志津子です」

執事・水野の横で志津子がクスクスと笑う。彼女は夫の言葉を継ぐように章太郎へ視線を移した。

「そして、わたしたちの息子が、この章太郎なのよ」

章太郎を指さす左手の薬指には、水野と揃いの指輪が光っている。志津子が章太郎の行動や指示に寛大なのは、親子であるという事実も関係しているのかと思えば納得がいくのだ。

話を聞けば聞くほど、真実が分かれば分かるほど、萌はますます脱力してしまう。

急ぎの入邸だったゆえに、最初からすべてを教えてはもらえなかった。それゆえに独りよがりな誤解をし続ける萌を、章太郎は面白がっていたのだろう。

そのことに腹は立つ。でも、それ以上に自分の心配が杞憂であったことの安堵感が大き過ぎて、嬉しさのほうが身体を占拠していた。

「常盤の御大は、〝執事〟と言えば分かると思ったのでしょう。確かに章太郎は、私が引退後、正式な執事になる男です。『執事が婚約者だ』と言っても間違いではないのですが、章太郎が今はまだ執事補佐長という役職であり、どうやらあなたに詳しい説明がされていなかったのが原因で、随分と悩ませてしまったようだ。申し訳なかったね」

執事・水野は謝罪を口にしてからひと呼吸置き、湯呑みを手に取った。

「章太郎とね、約束をしていたのですよ。私にとっては父ですが、祖父同士が交わした約束を成就させるためにも、萌さんは大切にするようにと。決して、結婚前に軽率な真似をして傷つけるようなことはしてはいけないとね。なんと言っても、萌さんは章太郎より十五歳も年下ですから。『約束を破ったら、ただではおかない』と脅していたので、章太郎も少し深刻に捉えていたのかもしれないね」

萌に手を出したのが知れたら屋敷を追い出されるかもしれないというのは、この約束があったからだ。

目の前で美味しそうに緑茶をすすり、妻に「美味しいよ」と微笑みかける水野は、章太郎が言うような〝鬼畜〟には見えない。

だが、この章太郎も思わず居住まいを正す〝父親〟なのだと思えば、仕事の上では、とても厳しい人なのだろうとも思う。

しかし……。

「萌、俺たちも仮眠するか？」

ひとりスッキリとした顔で肩を抱いてくれる章太郎を見ていると、こんなにも自分を悩ませてくれた彼こそを、萌は「鬼畜！」と罵倒したくなってしまうのだった。

「バカバカバカバカバカバカ！　信じられない、もぅっ!!」

萌は両腕を振り回し、猛然と目標物を叩きまくった。

「なんで教えてくれなかったの！　面白がってたんでしょう！　もぅっ!!」

両方のこぶしで懸命に叩き続けているというのに、叩かれている章太郎はビクともしない。かえって、滅多にしないニコニコとした表情で笑っている。

「萌！　お前、猛然と怒ってる顔もかわいいな！」

おまけに、怒る彼女を抱きしめ、座っていたベッドに押し倒してしまった。

「うん、俺は大満足だ。お爺様方に感謝だな、こんなにかわいい婚約者をもらったのだから」

「もっ……、もうっっ！　わたし、怒ってるんだからね！」

「ハハハ、分かってる、分かってる」

（全然、分かってないっっ!!）

何を言っても笑顔で受け流されてしまう。それはそうだろう、真相をすべて話し、脅威としていた父親に許してもらい、母親にも祝われ、本気で惚れた女を手に入れて、章太郎はこの上なくご機嫌なのだから。

萌だって嬉しくないわけではないが、それでも、何も教えられなかったせいでやきもきさせられたこの憤りを、いったいどこにぶつけたら良いものか。

水野家の諸事情に関してひと通りの説明を受け、萌は章太郎の部屋へやってきた。

特別に午前中の休みをもらったふたりは、仮眠を取ろうということになったのだ。

章太郎の部屋は、萌や他のメイドたちとは違って屋敷内にある。そこに部屋をもらえるのは特別な役職に就いている者だけだ。

萌の部屋も広いが、章太郎の部屋はさらに広い。まるでデザイナーズマンションの一室のようだと思いながら、萌はベッドに押し倒された状態で視線だけを漂わせる。

――だが、そんなことを考えるより、今は目の前の章太郎だ……。

「章太郎の馬鹿！　もう知らないっ！」

勢いで彼の名を呼び捨て、萌はプイッと横を向く。彼女の耳が赤く染まっていくのを見て、章太郎はそこにチュッと吸い付いた。

「や……んっ……！」

「なんだ、萌、その呼びかたは、誘っているのかっ」

「ちっ、ちがうっ、いいじゃないのっ、なんて呼んだって。どうせ結婚するんだからぁっ」

しかし、彼に親しげな口をきけばきくほど、湧き上がってくるこの幸福感はなんだろう。

「だっ、騙したこと、一生忘れないんだから！　今度隠し事なんかしたら、許さないんだからね！」

「『一生忘れない』っか、ふーん、恨み方が〝お子ちゃま〟だよな」

「また言うっ！」

ムキになって顔を戻すと、今度は顎を押さえられ固定される。目と鼻の先で章太郎がニヤリと笑い、萌はドキリとした。

「死ぬまで忘れさせないために、一生離さないからな。覚悟しておけよ、お子ちゃまっ」

「章太郎ぉっ……」

目の前にある嫌味なはずの顔が、愛しくて愛しくて堪らない。

萌は泣き笑いで章太郎の身体にしがみついた。

「好き……大好き……、嬉しいんだからね……、怒ってるけど、凄く嬉しいんだからね……」

「分かってる。嬉しくないなんて、冗談でも口に出したらお仕置きだ」

章太郎は楽しげに笑い、萌に唇付ける。

息もつかせないほどの濃密なキスを交わし、お互いに漏らす吐息で体温が上がる。すると章太郎は瞳を潤ませた萌を見つめた。

「こんなキスくらいでイきそうな顔するな。まずは、このお子ちゃまを、いっぱしの女にしてやらないと駄目だな」

「……してくれる？」

「ああ、俺だけの、オトナの女にしてやる」

萌は自分からキスをし、微笑みを溢れさせる。

「オトナの恋……教えてね」

クスリと笑った彼の唇が、その言葉を食み、身体ごと受け取る。

温かな唇と熱い愛情を受けながら、萌はこの幸福感に身をあずけた。

章太郎と、これから先いつまでも、オトナの恋を育んでいきたい。

萌は心から、そう思いつつ——。

＊END＊

特別Lesson★お仕置き貯金を教えてあげる

「歳も少々離れておりますので、ご祖父様ならびにお父様お母様もご心配かと思いますが、どうかその辺りは良い方向へお考えを傾けて頂き、年上である分、萌さんをシッカリと支えていける男だと、私のことを買いかぶって頂ければと思います」

（——惚れ直した……）

祖父と両親を目の前に、婚約者として堂々とした挨拶をして見せる水野章太郎の横で、常盤萌はそう思わずにはいられなかった。

彼は、萌よりも十五歳年上の三十五歳だ。

祖父も両親も、婚約者になる青年が年上であることは承知の上ではあったが、実際問題として考えれば微妙な心境だろう。特に両親などは弟のような息子ができるのだから。

萌の父は四十四歳、母は四十歳。章太郎は義弟と言っても不思議ではない義息子だ。

だがそんな両親の不安は、実物の婚約者を見て吹き飛んだ。

彼の誠実で温和な態度に、多少抱いていた警戒心は解け、祖父、常盤慶一朗は心から祝福をした。

「萌の婚約者が、君のような誠実で素晴らしい男で良かった！」

このひとことで、章太郎と萌の婚約は正式に両家の認めるところとなったのだ。

萌はとても幸せな気持ちに包まれた。辻川邸へ行儀見習いとして入り、正体を知らされぬまま出会った章太郎。

心惹かれヴァージンまで捧げた彼と、晴れて婚約できたのだから。

そして、幸せな気分を謳歌《おうか》しているのは彼も同じだったようだ。

「天気は良いし、気分も良いし、このまま指輪でも買いに行こうか、萌」

儼乎《げんこ》たる執事補佐長としての顔を穏やかに崩す章太郎は、春の空のように爽やかな笑顔を萌へ向ける。

着々と進んでいく結婚の準備に、萌の幸せグラフは急上昇中だ。

「でも指輪は、水野のお父様が、辻川家と縁のある宝飾デザイナーに頼むって言っていたけど……」

「まぁ、そうなんだけどな……。萌と一緒にああだこうだ言いながら店で選ぶのも良いかな、って思ったんだ」

章太郎にそんな希望を出されると、萌は照れくさくなってしまう。おかげで彼女の頰は、そよ風に舞い落ちてくる桜の花びらよりもピンク色だ。

今日は章太郎が常盤邸へ挨拶に行くということで、ふたりで休みを取り、午前中に辻川の屋敷を出た。

そして、常盤邸での挨拶を終えたふたりは、立ち寄ったカフェから続くプロムナードでデートを楽しんでいる。一直線に伸びた道の左右は、満開の桜で彩られていた。

春の陽は心地良い木漏れ陽を落とし、暖かな風はふたりを冷やかすよう、花びらと共に足元で踊る。

並んでゆっくりと歩きながら、萌はチラリと章太郎を横目で盗み見た。

いつもはダークグレーのスーツにきっちりと身を包んでいる彼が、今日はネイビーのダブルストライプスーツを着用している。雰囲気の違いに、萌は戸惑っている。

仕事が終わった後に会う時は私服だが、スーツ姿となると見えかたも一段と違ってくる。

（かっこいいなぁ……、章太郎）

その思いは知らず顔に出てしまっていたらしい。急に章太郎が立ち止まったので何かと思えば、彼は両手を腰に当てて萌の顔を覗き込んだ。

「見惚れてるのか？」

「やっ、やぁねぇっ、自意識過剰よ」

正解なのだから「うん」と言ってしまえば良かったのに、萌はつい意地を張る。すると章太郎はにこりと微笑み、萌の鼓動を急上昇させた。

「俺は、見惚れていたんだが？」

「え……、何に……」

「お前以外に誰がいる。そのワンピースだよ。似合ってるぞ。いつも以上にかわいく見える」

肩を竦めて、萌は顔を真っ赤にした。章太郎と一緒に出かけられると思って選んだワンピースは、爽やかな水色。開き過ぎないスクエアネックとフロントオープンを彩るレースのくるみボタンが、清楚さとかわいらしさを引き立たせる。

春用にと買ってあったものだが、未着用の一枚だった。何を着ようか散々迷った挙げ句に選んだので、褒めてもらえてとても嬉しい。

「あ、ありがと……。嬉しい」

「……このワンピース。脱がせたいな……」

「は？」

萌は大きな目を見開いて章太郎を見た。彼は怜悧《れいり》な瞳に色気を湛え、萌の胸元にあるくるみボタンを指でもてあそんでいる。今にもその器用な指先で、ボタンを外されてしまいそうだ。

「脱がせて良いか？」

「ええっ、こっ……ここでっ……」

「ん？　ここでも良いのか？」

「だっ、ダメッ、馬鹿、こんな外で……」

思わず彼の手から逃れ、両手で胸元を押さえる。しかし、そうは言ったものの、屋敷の広大な庭で人目を忍び、いかがわしい行為に及んだことがないわけではない。

「ここじゃなきゃ良いんだろ？」

「じゃぁ、……お屋敷に帰ってから……」

「せっかく外出してるのに？　屋敷以外の所で抱きたいな」

「って……どこのこと言ってるの……？」

屋敷以外で、そんなことをできる場所と言えば、すぐに思い付くのはソレ専用のホテル関係だ。入った経験はないが、口に出すのも恥ずかしい。

（ラ、ラブホテルっていうんだよね……。興味はあるけど……）

萌の中で羞恥と好奇心が戦うが、呆気なく後者が圧勝した。

よしっ、と覚悟を決めた瞬間、章太郎がさらなる提案をしてきた。

「今日は、挨拶も無事に済んで気分も良いし、〝お仕置き貯金〟でもおろすかな」

「……え？　おしおき……」

「だいぶ貯まってるだろ？　利息付けろよ」

嬉しさと恥ずかしさの混じった幸せな気持ちは、一瞬にして不安と焦りに変わった。

（利息って、何を付けたらいいんだろう）

それはずっと、萌の心の中にあった疑問だ。

思えば、初めて〝お仕置き〟を貯金された日から、「おろす時は利息を付けろ」と言われ続けてきた。何かエッチなサービスでもすればいいのだろうが、何をしたら良いのかはまったく見当がつかなかった。

（サービス、って言ったら、やっぱり〝アレ〟なのかなぁ……）

考え込む萌の頭に思い浮かぶのは、女性から男性へ対して行うサービスの代名詞、〝口淫〟だ。だがその行為を想像しただけで顔から火が出てしまいそうになる。

（できない！　できないっ、だって、あんな大きいモノ、口になんか入らないよ！）

しかし、そんなことを言っても、章太郎ならますます嬉々として萌に迫ってくるに違いない。

「何を真っ赤になっているんだ？」

まずは落ち着こうと、萌はソファに腰を下ろす。章太郎もネクタイを緩めながら、彼女の横に座った。萌がそわそわしているのは、慣れないホテルで緊張しているのだと思ったに違いない。

「アイス溶けるぞ。食べないのか？」

目の前のテーブルには、彼がルームサービスで取ってくれたアイスクリームと炭酸飲料のグラスが乗っている。ウエハースにビスケット、たっぷりの生クリームにオレンジとさくらんぼが添えられて、主役であるアイスクリームが見えないほどの華やかさだ。

いつもならば、すぐに手を付けてしまうところだ。「こんなもので喜んで。お子ちゃまだな」と言われようと、至福の味を堪能したことだろう。

しかし今は、それよりも〝利息〟が気になって仕方がない。

「利息って、何をすればいいの？」

萌は意を決して口を開く。いつになく真剣な表情の彼女を、章太郎は「ん？」と身体を傾けて見つめた。

「あ、あの……、あのね……」

改めて面と向かうと言いにくくなる。つい、まったく違うことを口にしてしまった。

「ふ、普通のホテルに入るとは思わなかった……」

萌のワンピースを脱がせたいという欲望と、お仕置き貯金をおろすという野望を持って章太郎が萌を連れてきたのは、繁華街に程近い場所にあるラグジュアリーホテルだ。ドイツの古城を思わせる格調高く優美な外観で、萌は祖父の会社のレセプションで一度足を踏み入れた経験がある。

ロビーに入った途端に、総支配人が出てきて章太郎と親しげに話をし出した。聞けば、ここは辻川財閥の持ちものだという。総支配人は、現、財閥総帥のお付きを務めていた人物で、いわば章太郎の父親である辻川家執事の同僚ということになる。当然、章太郎とは顔馴染みなのだ。

通されたダブルルームはとても広く、一見、リゾートホテルのジュニアスイートと間違えてしまいそうな豪華さだ。

――とてもではないが、セックスが目的で入るべき部屋とは思えない。

「ははん、ラブホテルにでも連れて行かれると思ったな?」

そんな萌の思惑を悟ったかのように、章太郎は楽しげにからかう。目的に反して出てしまった話題ではあるが、萌は反論した。

「だって、……エッチなことするために来たんでしょう……? こんな、何泊もしたくなるような豪華な部屋に……」

「上流階級の人間は、セックスのためだけにスイートルームやハイラグジュアリールームを使うんだ」

「そっ、そんなセレブの人のことは、知りませんっ」

とんでもない話に思わずムキになると、その反応が楽しかったらしく、章太郎は彼女の頭を抱き寄せた。

「大事な萌とイイコトするのに、さもセックスするだけが目的の場所になんか連れて行けるか。馬鹿」

もう片方の腕は背中に回る。ピッタリと抱き寄せられて、萌のしかめっ面がポッと赤くなった。

「屋敷以外の場所でするのは初めてだろう？　緊張なんかしたら萌が気持ち良くなれないし、俺も気持ち良くない。萌をリラックスさせて、たくさん感じてもらいたいんだ。だから、落ち着ける場所のほうが良いと思った」

その言葉が嬉しくて、顔の筋肉が緩み、ついついしまりのない表情になってしまう。照れを隠すため、章太郎にしがみついた。

「章太郎、……好き」

章太郎は、萌がまるで自分になつく仔犬のようだと思ったに違いない。気分良さそうに、本音らしき言葉を口にした。

「それに、ここのバスルームは広いんだ」

なぜいきなりバスルームの話になったのかが分からなくて、萌はきょとんとする。

「外国の宿泊客を想定して作られているから、バスタブも大きい。ふたりで入っても余るくらいだ」

「ふたり……？　え？」

萌は瞼をしばたたかせ、引き攣りそうになりながらも笑顔を固持した。

「バスルーム自体のスペースも広いから、狭くて窮屈な雰囲気もない。マットも大きいし、背中が痛くなるってこともないだろう。気になるならタオルを敷いてやる」

「ちょっ、ちょっと待って、章太郎っ！　あの、ね……、それって、あの、もしかして、お風呂で……ってこと？」

「ん？　お仕置き貯金おろすんだし、利息を貰うにもちょうど良いし、バスルームでセックスしたことないし……」

「ちょっと待ってて っ」

彼が言葉を言い終わらないうちに、萌は章太郎の胸を思い切り押し返す。

「おっ、お風呂でエッチするの⁉」

真っ赤な顔で動揺する萌をよそに、章太郎はその慌てぶりを満喫する。

「するっ」

「だって、そんなことしたことないし、恥ずかしいよ……」

「一緒に入浴したことはあるじゃないか。萌のヴァージンもらったあと、俺が身体を洗ってやったんだし」

「あ、あの時は、動けなかったから……。でも、洗ってもらっただけだし」

「だから……」

最後まで言い終わらないうちに、萌は抵抗する間もなくソファに押し倒され、唇を奪われた。

「ンッ……んんっ……」

そして、間髪入れず章太郎は萌のワンピースのボタンを外しにかかる。

「恥ずかしかったら、もっと恥ずかしがれ。そのほうがかわいい」

(こっ、この、サドッッ!!)

と、叫ぼうとしたが、その前に唇は塞がれ、彼が褒めてくれていた可憐なレースのくるみボタンは、あっと言う間に腹部まで外された。

ボタンを外した手はそのままワンピースを暴き、左右に広げながら萌の身体をなぞり上げる。

「んっ……、ぁん、やぁ……」

章太郎は、ブラジャーの上からふっくらと盛り上がる隆起を回し揉む。

「やっ……ぁ、章太郎ぉ……」

「いい声だ……」

ブラジャーの上に唇を寄せ、布越しに勃ち上がりかける突起を彼の歯が掻いた。

「ぁんっ、や……んっ」

くすぐったい感覚に肩が震える。突起はじわじわと硬く勃ち上がり始めた。

「触って欲しいだろ？」

「や……バカぁ……、章太郎ぉ」

「だから、バスルームに行こう。乳首が勃ちっ放しになるくらい感じさせてやるから」

「その言い方、やらしいよっ！」

文句は言うが、本当に抵抗する気はない。ワンピースを肩から落としやすいように身体を動かし腰を浮かせると、章太郎は満足げに口角を上げた。

「合格。良い子だ」

ヴァージンを捧げた日、脱がされやすい体勢をさりげなく取れるのが大人の女だと教えられた。

それからずっと心がけているつもりではあったが、今日、初めて「合格」という言葉をもらった気がする。

「少し、オトナになった？」

彼に認めてもらえると心の底から嬉しい気持ちになる。

「ああ。少しずつだけど、オトナの女になってきているよ。今のままでも充分にかわいくて俺の好みなのに、もっともっと好みになってくる」

「本当？」

「ああ、本当だ」

「嬉しい……」

萌は両腕を肩から回して章太郎に抱きつく。

――しかし、彼女の幸せ気分は、そこまでだった。

「……だから……」

どこかズルさを感じさせる章太郎の声が耳元でしたかと思うと、彼はいきなり萌を抱き上げた。

「一緒にバスルームに行こうな。さらにもっと好みの女になるように色々教えてやる」

「やっ、やぁぁぁぁっ……」

「ヤらず嫌いはもったいないぞ？　〝利息〟を貰うにはもってこいの場所だ」

萌は〝利息〟の言葉に血の気が引く。

（そ、そうだ、利息！　〝利息〟って何っ!!）

バスルームが最適の場所とは、どういった意味合いだろう。彼が意図している〝利息〟とはなんなのだ。

身体を綺麗にする目的を持って使用するのがバスルームだ。綺麗にした上で男性がしてもらいたいと思う利息になり得るサービスと言えば……。

（だっ、だからぁっ、あんなおっきいもの口に入んないってば！）

思わず口を押さえて目を白黒させる。そんな萌には構わず、章太郎はバスルームへと入っていく。

中はナチュラル系の色で統一された明るい雰囲気で、リラックスできそうな広さだ。もちろん脱衣場もゆったりとしている。洗面台の上に広がる鏡面には、ピンク色に染まった半裸の萌の姿が映っていた。

「真っ赤だぞ、萌。まだ何もしてないのに、肌が熱くなってる」

「だって……」

「恥ずかしいのか？」

「うん……」

「……いいな……、もっと苛めたくなる」

「な、なによぉ、それぇ……。ホント、意地悪なんだから……」

章太郎にとっては萌のふくれっ面も興奮の誘発剤だ。

彼は純白のレースで飾られた白いブラジャーを、桜色に染まりかかった肌から落とす。

布越しに愛撫され、震えながら勃ち上がった乳首を舌でつついた。

「んっ……、ぁっ……」

口の中で舌が乳首を挑発し、もう片方の乳房は下から持ち上げられ、頂は指先でしごかれる。

「んっぁ、……あん、章太郎……っんっ……」

気持ちよさげな声をあげながら腰を揺らすと、章太郎はブラジャーとお揃いになったレースのショーツのウエスト部分に指を引っかけ、ゆっくりと引き下げた。

「今脱がすのも、ちょっともったいないないか。このレース、萌が感じた汁でグッチャグチャにしたいのに」

「や……ばかぁ、何言って……あぁんっ」

「でも脱がないと、萌はすぐ濡れるから、帰りに穿けなくなる。……それとも、穿かないで帰るか？」

「もぅっ、エッチなんだからっ」

章太郎は、萌の薄い茂みの下にできる隙間へ指を潜り込ませる。ピッタリ閉じているはずの花園へ続く柔らかな肉の扉は、探り入ろうとする彼の指を容易く潜り込ませた。

「あ、んっ……」

「ほら、もう濡れてる。危なかったな」

すでに滲み出ていた蜜汁をまとった章太郎の指はクレバスへ深く沈み、何度も縦に強く擦り上げていく。萌は彼の肩口を両手で摑み、両腿をきつく閉じて腰を焦らした。

「章……たろぅ……」

「……すぐに挿れたいくらいだ……」

「ぁ、ンッ……やぁ……」

「一回ここでするか」

「こっ、こんな所でどうやってするのよぉ……。やっ、だめぇ……」

「ん？　こうやってさ」

すると章太郎は、萌を抱き上げると、広い洗面台にタオルを広げ、そこに座らせた。

「え？　章太郎……？」

章太郎は、萌の両足を持ち上げ、台の上へ載せる。萌は後ろの鏡に寄りかかりながら開脚し、秘部を彼の前に晒すという、なんとも恥ずかしい体勢を取らされた。

「ちょっ、……やぁん」

足を閉じようとするが、章太郎が膝を押さえているのでそれも叶わない。

「恥ずかしいか？」

「あ、当たり前でしょう。恥ずかしいよぉ、こんな恰好」

「よしよし、それで良い」

「なっ、なによぉ、恥ずかしがらせて楽しんでっ。ホントに意地悪なんだから」

恨みがましく言い募る萌の瞼の上へキスをすると、章太郎は宣言する。

「萌が恥ずかしがる姿を堪能してこその〝お仕置き貯金〟だしな。でも、こんなに濡らして気持ち良くさせてたら〝お仕置き〟にならないかな」

膝を押し開いたまま、章太郎が足の間に顔を沈める。流れていく蜜汁を舌先でぺろりと舐め取られると、ビクンと腰が揺れるが、しっかりと固定された下半身はそれ以上は動かせない。

「章太郎ぉ……んっ……」

「たっぷり〝利息〟貰うからな、覚悟しろ、萌」

「え……?」

もしかしたら、自分が考えている利息と、彼が考える利息は違うものなのか。しかしそれを考える前に、萌は腰を強く引き寄せられた。

章太郎は、素早くベルトを外すとズボンを滑り落とし、萌を欲しがって勃つ熱い滾りを露わにする。萌はまだそれに慣れず、直視できないので視線だけを宙に逸らした。だがすぐに頭に手を添えられ、下を向かされてしまう。

「目を逸らすな」

視線の先には、今まさに彼女の蜜窟へ入っていこうとする欲望の塊がある。

「ちゃんと見ていろ。これからお前を気持ち良くしてくれるモノなんだから」

「もぅ……、今日の章太郎、いつも以上にいやらしいよぉ……」

萌が滾りの切っ先を飲み込んでいくにつれ、体内には快感が広がっていく。

「あっ、あぁ……」

「入っていくだろう? 見てるか、ちゃんと」

「み、見て……、あんっ、……みてる、けどぉ……」

「ほら、根元まで挿れるぞ」

「根元ってっ、……あっ、ぁあっ！」

半分はゆっくり、残りをいきなり奥まで押し込まれ、萌は身悶えした。章太郎に身体の動きを阻まれ、どうにもできない歯痒さで萌が身体を前へのめらせると、両腕でガッチリと抱き込まれた。

「恥ずかしいか？　萌」

「は、はずかしぃ……、あっ、あぁ……」

「余計に感じるだろう？　お前、マゾっけあるからな」

「ばっ、ばかぁあっ」

萌をしっかり抱きながら、章太郎は滾りを回転させる。奥を掻き混ぜられ、子宮口を亀頭がもてあそぶように擦っていくと、萌は腰を大きく何度も左右に揺らした。

「あっ……、ぁ、ダメ、……擦っちゃ、ダメぇ……」

「いいぞ、もっと恥ずかしがれ。すっごくイイ顔だ」

「やぁんっ、もぅっ……、あっぁあ、ダメ、ダメぇっ……！」

章太郎の肩を指先で強く摑み、首だけを振って啼き声をあげる。羞恥に顔をゆがめる彼女を見つめながら、章太郎は力強い抽送を始めた。

「あああっ……、章たろ……やぁん、もぉ……」

いつもと違うシチュエーションに煽られているせいか、萌の高まるスピードは早い。もっと欲しいと彼を求め始め、逃げるどころか彼の腰に両足を巻き付け、さらなる刺激を強請り始める。

「おっ、萌、利息のつもりか？　いいな、すっごく興奮しているだろう？　ナカがグイグイ締め付けてくるぞ」

「やぁん……あああ、イヤ……イヤぁ……もぅ、いじわるぅ……」

「〝お仕置き〟分の貯金なんだから、このくらい当然だろう」

「あっ、あああっ、しょうたろ……っ、優しくしてくれなきゃ、ヤだぁぁあっ……」

しかし、彼の抽送はより強さを増してゆく。

「はぁっ……！　ああっ……やっ、もぅ……ああっ！」

「でも、気持ち良いんだろ？　イきそうになっているのが伝わってくるぞ」

「んっ……ん……、きもちいぃ……、あっ、あん！」

「イきたいか？　イかせてやっても良いが、これで終わりじゃないぞ」

「意地悪だよぉ……章太郎ぅ……」

「萌の〝利息〟がかわいすぎるから悪いんだ。まだまだ貰うからな」

彼女を台から抱え上げた章太郎は、繋がったまま床へ寝かせ、両足を高く肩へと担ぎ上げた。

快感に潤み身悶えする萌を見つめ、両手で乳房を揉み込む。柔らかな膨らみと堅くなった乳首を捻ると、萌の身体はピクリと跳ねた。

「いいぞ、お前の利息、最高だ」

「章太郎……、利息、って……本当に何？」

ゆっくりと大きく腰を動かし始めた章太郎は、萌の疑問に不敵な笑みを漏らす。

「萌が、たくさん恥ずかしがって感じてくれること」

「え……？　ぁあっ！」

「萌がたくさん感じて乱れてくれたら、俺も感じるし嬉しくなるだろ？　萌がいつも以上に感じてくれることが俺への利息。だから、場所的に興奮できるように、セックスしたことのないバスルームを選んだ」

そんな思惑があったとは気が付かなかった。

というよりも、これはすっかり章太郎の術中にはまってしまったということか。

「しょうたろぉ……」

「どうだ？　刺激的だろ？　シたことのない場所って」

「もぅ……刺激的過ぎて……すぐにイッちゃいそうだよぉ……っ」

「いいよ。何回イッても。好きなだけイかせてやるから」

いったいどれだけの利息を払わされてしまうのかと不安になるが、いつも厳格な執事補佐長が自分に対してこんなにも夢中になってくれるのは、萌にとってもも嬉しくて幸せなことだ。

「章太郎ぉ……利息、いっぱい払わせて……」

萌の言葉に煽られて、章太郎の動きが激しさを増す。腰を打ちつける音が響き、萌はわざと彼に見せるように背を反らせた。

「ああああっ！　も、……ダメっ……、イ……イッちゃうよぉ……！」

彼女の乱姿に昂り、爆発しそうな滾りが最奥を突きえぐり、萌の嬌声がバスルーム中に響き渡る。

「萌、もう、今日は泊ってくか……」

オーガズムの寸前で囁かれた魅惑的な誘いに、萌は沈黙で答えた……。

萌は、お仕置き貯金の〝利息〟が、元金を上回る額であったことを、その身を持って知ったのだった。

＊END＊

あとがき

蜜夢文庫、創刊おめでとうございます！

こんにちは。ほとんどの皆様には「はじめまして」が相応しいご挨拶かと存じます。玉紀直と申します。

このたびは『オトナの恋を教えてあげる　ドS執事の甘い調教』をお手に取ってくださいまして、誠にありがとうございます！

春が遅い北海道のすみっコで、大好きなチョコレートを貪りながら、呑気に色々なタイプの恋愛小説を書かせていただいております。

春といえば、桜ですね。

北海道の桜は、だいたい四月の下旬から五月中旬にかけて道内を巡っていきます。

この本は、そんな桜の姿もなくなった五月中旬過ぎに刊行されるのですが、遅い春を待ちながら刊行に向けた作業をしていた私は、本書が刊行されて、やっと春が訪れる。そんな気持ちになっています。

……それだけ楽しみだった……。

というか、それだけ、私自身このお話が大好きなのです。（ええ、親馬鹿レベルで）

元々この作品は、Ｗｅｂで連載していたもので、それを、ちょうど一年前、パブリッシングリンク様から電子書籍として配信して戴きました。

そのときも、とても嬉しかったのです。私は結構キャラクターに入れこんで書いていくほうなので、章太郎も萌も大好きです。そんな大好きなふたりがＷｅｂから電子書籍という違う世界に飛び出していったのですから、ちょっとした子どもの巣立ちを見送る親気分でした。（いや、大袈裟じゃないんですよ、これが）

それがなんと、一年経って紙の本にしていただけて、これまた違う世界に飛び出していくのですから……。

嬉しいというかなんというか。お話を戴いたときは、もしかして騙されているんじゃないかと一瞬思ってしまったくらいです。……いえ、冗談です。純粋に、夢のようでした。

こんな素敵な機会をくださった担当様には、心から感謝をしております。

決して優等生ではない私の作品に、いつもたくさんのアドバイスをくれて、とても美人に仕立て、世に送り出してくださいます。

章太郎も萌も、Ｗｅｂの頃より、電子書籍のときより、とても素敵なふたりに変わっていますよ。もしもＷｅｂ連載の頃を知っている方が読んでくださったなら「ええっ！」と、

驚かれてしまうのではないかと思うくらいです。（笑）

あまり深刻にはならず安心して読み進められる、明るい調教物を書きたいと思ったのが、このお話が生まれたきっかけでした。

歳の差と、調教（開花物）と、甘々は、大好物なのです！

最初のうちは、からかい半分にちょっと萌を苛めてしまった章太郎ではありますが、そのぶん彼は、これから一生萌をかわいがり尽くしてくれることでしょう。

いつの日か、萌が章太郎も認める立派なオトナの女性として落ち着いたとき、彼女は志津子のような立場になっているかもしれませんね。

最初にお祝を叫んでしまいましたが、蜜夢文庫の創刊にかかわらせて戴き、光栄であると同時にとても嬉しいです。

書く側であると同時に、私も現代恋愛小説が好きな一読者です。同じようにこのジャンルが好きなたくさんの方々に、関心を持っていただけると良いなと、心から思います。

『ときには甘く、ときには過激に大人の女性たちのハートをときめかせる〝真〟恋愛小説レーベル』ドキドキするキャッチが付きました蜜夢文庫。

どうぞこれからもよろしくお願いいたします。

最後に、僭越ではありますが謝辞を……

態度は大きく見えても本質は小心者ですゆえ、「創刊メンバーだった、どうしよう……」とガクブルしていました私に、「なに言ってるの！　最初がしっかりしないと、後が続けないんだから、引っ張るつもりで頑張んなさい！」と、喝を入れてくれた大好きな作家友だちのＳＭ様（意味深なイニシャルですが……）。創刊を告知したときに、お祝いや励ましをくれた方々。とっても素敵な章太郎やかわいらしい萌を描いてくださりました、イラストレーターの紅月りと。様。お忙しい時間を割いてご尽力くださった頼もしい担当様、この本に関わってくださりました関係者の皆様。

そしてなにより、本書をお手に取ってくださいました読者の皆様、お気にかけてくださりました全ての方々に。

心からの感謝とお礼をこめて。

ありがとうございました。

二〇一五年四月

桜の開花を待ちながら／玉紀　直

本書は、電子書籍レーベル「らぶドロップス」より発売された電子書籍を元に、加筆・修正したものです。

オトナの恋を教えてあげる
ドS執事の甘い調教

２０１５年5月２９日　初版第一刷発行

著……………………………………………………………… 玉紀直
画……………………………………………………………紅月りと。
編集……………………………………… パブリッシング・リンク
ブックデザイン……………………………………… 吉田麻里以

発行人………………………………………………… 後藤明信
発行…………………………………………… 株式会社竹書房
〒102-0072　東京都千代田区飯田橋２－７－３
電話　03-3264-1576（代表）
03-3234-6208（編集）
http://www.takeshobo.co.jp
振替：00170-2-179210
印刷・製本……………………………… 凸版印刷株式会社

ISBN978-4-8019-0311-1　C0193
Printed in JAPAN